한 평범한 주부의
평범한 이야기

그중 편한 신발

그중 편한 신발

초판 1쇄 인쇄 | 2008년 6월 30일
초판 1쇄 발행 | 2008년 7월 10일

지은이 | 이수옥
발행인 | 김학민
발행처 | 학민사

등록번호 | 제10-142호
등록일자 | 1978년 3월 22일

주소 | 서울시 마포구 대흥동 150-1번지 (우편번호 121-809)
전화 | 02-716-2759, 702-3317
팩시밀리 | 02-703-1495

홈페이지 | http://www.hakminsa.co.kr
이메일 | hakminsa@hakminsa.co.kr

ISBN 978-89-7193-186-8 (03810), Printed in Korea

한 평범한 주부의
평범한 이야기

그중 편한 신발

글쓴이 **이 수 옥**

학민사

먼 길 돌고 돌아 왔는데

먼 길 돌고 돌아왔는데 별빛처럼 빛나는 새날이 밝았습니다. 아니, 내 마음의 눈이 밝아졌습니다. 조금 불편할 뿐 가난은 죄가 아니라지만 더없이 숨막히는 단어의 조합일 뿐이라고 강하게 부정하던 날들을 안개처럼 걷어냈습니다.

많은 것을 이해하며 관용을 부릴 줄 아는 세월이 그저 고마울 뿐입니다. 문학의 씨앗 하나를 가슴속 깊이 묻어 둔 보람이 그래도 헛되지 않았나 봅니다.

내 의지와 상관없이 떠밀린 고달픈 삶이라고 수없이 원망했던 날들을 맑게 희석시키고 밝은 마음으로 시작한 만학의 길이었습니다. 결코 짧지 않은 긴 시간을 말없이 함께 걸어준 남편에게 고맙다는 인사를 대신하려 합니다. 제 흐린 날의 일기가 세상의 빛을 보게 되었습니다.

모든 것이 때가 있다고 했던가요? 제철에 뿌린 씨앗이 실한 열매를 맺는 것이 당연한 이치임에도 불구하고 철 지난 줄 모르는 게으른 농부가 되어, 메마른 들판에 하얀 메밀꽃을 지천으로 피워 볼 요량으로 씨앗을 뿌렸습니다.

문학이라는 고급스러운 언어가 제자리에 안주하지 못하고 작은 연못 속에 물방개처럼 뱅뱅 맴을 돕니다. 많이 부족한 늙은 제자에게 이만큼이나마 글쓰기에 박차를 가할 수 있도록 물심 양면으로 이끌어 주신 경기대학교 이재인 교수님과 정종명 교수님께 진심으로 감사를 드립니다.

또한 거푸집처럼 엉성하기 이를 데 없는 제 글쓰기를 알게 모르게 격려해 주시던 영남대학교 이동순 교수님과 '생명과 사랑의 시' 회원 여러분도 제게는 크나 큰 힘이었습니다.

끝으로 남루하기 짝이 없는 넋두리에 불과한 제 글을 모아서 책으로 발간해 주신 강남대학교 김필영 교수님께 어떤 말로 감사의 인사를 드려야 할 지, 염치없고 더없이 송구스러운 마음입니다. 미흡한 제 글을 순수하게 평가하고 격려해 주신 은혜를 결코 잊지 않겠습니다. 한 계단 한 계단 올라가는, 더 나은 글쓰기에 정진하겠습니다.

2008년 6월

이 수 옥

한 평범한 주부의 평범한 이야기
그중 편한 신발

하나

둘

 셋

하나

세월을 잘못 만난 탓이라고 가슴을 쓸어 내렸다.
부모를 잘못 만났다고 부모님 가슴팍에 수없이 상처를 내던
철없던 시절을 못내 가슴 아파하는 세월을 산다.

간이역

　세월을 잘못 만난 탓이라고 가슴을 쓸어 내렸다. 부모를 잘못 만났다고 부모님 가슴팍에 수없이 상처를 내던 철없던 시절을 못내 가슴 아파하는 세월을 산다.

　새하얀 칼라가 유난히 빛나 보이던 교복 속의 여학생은 그 어느 나라 공주님보다 예뻐 보였다. 부럽기 그지없었다. 거친 세월이 더디게 흐르는 게 못내 불만이었다. 어서어서 한 오십 년 바람결에 지나치고 한 생을 마감하기를 바라던 날들이 수없이 많았다. 요즘 들어 맥없이 흘려 보낸 아까운 시간들을 촘촘한 그물망을 내던져 거둬들이고 싶은 부끄러운 마음이다.

　기억할 수 없는 전생과 확신없는 내세를 믿지 못하니 현세에 머물다가는 인생이 단판으로 끝나는 게 아쉽다는 생각이 자꾸 든다. 철들자 망령이 든다더니 이제야 퍼뜩 정신을 가다듬는다. 까마득하던 종착역이 저만치 보이는 언덕에서 시간을 조각조각 난도질한다. 잘려진 조각들이 거머리처럼 또 다른 생명을 추하게 잉태할지라도 느린 레일 위로 천천히 달리고 싶다.

지천명을 면전에 두고 용기를 내었다. 고맙게도 그 옛날 소녀 적에 꿈을 이루지 못한 언니와 누나들을 구제하는 배움의 터전이 곳곳에 생겨났다. 검정고시 학원에서 열을 다해 중고등과정을 이수하고 대학을 가려는 생각은 애초에 없었다.

그냥 중학생이 되고 싶었다. 같은 아픔을 가진 엄마들끼리 속내를 들켜도 부끄럽지 않은 주부학교 중고등과정을 다녔다. 주부라는 타이틀 위에 매달린 크고 작은 닉네임들. 부모님의 자식으로, 한 가문의 며느리로, 한 남자의 아내라는, 엄마라는, 그리고 또 할머니라는 일인다역의 고단함도 오직 학생이라는 행복한 수식어를 매만지며 견뎌낼 수 있었다. 중학교 3년, 고등학교 2년, 장장 5년이라는 결코 짧지 않은 동안 학생이라는 신분을 즐겼으니 여한이 없을 듯 했다.

그런데 내 남편은 변태였던가? 중학생 아내도 모자라서 고등학생 아내와의 동침을 끝내 거부했다. 여대생 아내를 간절하게 원했다.

"야, 아무개. 너는 진짜 여자 복 있는 놈이야. 영계 마누라, 중학생과 사는 놈이잖아!"

백발이 성성한 나이에 중학교를 다니는 친구 부인을 격려하는 말솜씨가 어지간히 민망하고 외설스럽게 들렸다. 남편은 친구가 골려 먹는 농에 희열을 느꼈을까? 밑 빠진 독에 물붓기임에도 불구하고 어리석은 투자를 계속했다.

하나를 가르치면 둘을 알던 총기가 사위어진 줄 알면서도, 돌아서면 잊어버리는 마지막 계단을 오르는 줄 번연히 알면서 끈기있게 학부형 노릇을 자처했다.

한풀이를 계속한 보람이 막을 내렸다. 힘겹게 기어오르던 상아탑이다. 중도 하차를 않한 것이 꿈속인양 믿어지지 않는다. 마지막 기말고사를 끝냈으니 꿈은 아니다.

여러 은사님들을 모신 사은회를 끝으로 그 동안 고이고이 간직해온 학생증을 반납한 셈이다. 돌아보면 실로 꿈같은 세월이었다. 소박한 꿈을 버리지 않고 가슴 한 옆에 키워온 탓에 부실하지만 작은 열매를 맺었다.

교수님들 축사에 이어 짧게나마 답사를 해 달라는 부탁을 받았다. 학과 여덟 분의 교수님중 두 분을 제외한 나머지 분들보다 더 나이가 많은 학생인 나는, 할머니 동기생을 잊지 말라는 차원에서 자리에서 벌떡 일어났다.

"4년이 이렇게 빠르게 지나가다니요. 훌륭하신 교수님의 가르침으로 콩나물이 이만큼 자랐습니다. 콩나물시루에 주는 물은 붓는 대로 빠져 나가지만 콩나물은 신기하게 잘 자라지요. 여러분은 모두 햇콩이라 발아가 잘 되어 시루에 빼곡하게 찬 콩나물로 자라났습니다. 그러나 저는 묵은콩이라 제대로 발아가 되지 않았나 봅니다. 제 콩나물은 매우 듬성듬성합니다. 여러분들은 실하게 자란 콩나물이라 다양한 요리에 쓰일 수 있으니 얼마나 기쁘십니까? 콩나물국은 물론이요, 콩나물밥도, 콩나물무침도,

콩나물생선찜도, 콩나물잡채도, 여러분이 필요로 하는 콩나물 요리는 무궁무진합니다. 여러분 모두가 사회로 진출해서 갖가지 쓰임새로 두루 활약하시길 바랍니다. 그러나 저는 듬성듬성 비루하게 자란 제 콩나물을 소중하게 여기렵니다. 콩나물국을 끓여서 느루 먹겠습니다. 감사합니다. 그리고 여러분 모두를 사랑합니다."

감히 나이는 숫자라고 우기지 못했다. 지극히 아날로그적인 답사는 썰렁한 느낌이었다. 얼굴이 사뭇 뜨거웠다. 사은회를 마치고 교수님들과 참으로 오랜만에 어쩌면 처음인 것도 같은 악수를 나누었다. 2차로 노래방으로 초대하신다는 학과장님의 성의를 뒤로 했다. 젊은 학우들 속에서 늦은 밤까지 소모할 체력이 바닥났다고 차마 고백하지 못했다.

집으로 돌아오는 지하철 안에서 지난 세월을 촘촘히 모자이크해 보았다. 못내 아쉽지만 내 생애 진정 머무르고 싶은 간이역을 뒤로 보냈다. 내 인생여정에서 이토록 오래 머물렀던 간이역이 또 있을까? 이제 종착역을 향해 사정없이 달릴 생각을 하니 가슴에 찬바람이 분다. 정겹게 5일장이 서는 작은 간이역에 다시 내리고 싶다.

거북이를 닮았다

봄을 알리는 목련이 피면 가슴이 심하게 요동을 친다. 목련 꽃 하얀 등불이 켜진 밤이면 얼굴도 보지 못한 할머니께서 오실 것 같은 착각이 든다. 핏줄이 당기는 힘이 하늘로부터 내려오면 오스스 소름이 돋는다.

나의 할머니는 6·25전쟁 때, 아군의 폭격을 맞아 돌아가셨다고 했다. 나무광에 구덩이를 파고 쌀을 감춰놓고 피난을 가셨다. 금쪽같은 당신 자식들, 아버지 4형제에게 먹일 식량을 몰래 가지러 오던 할머니께 국방색 명주 두루마기를 입으신 탓에 인민군인 줄 알고 폭격을 가했을 거라고 했다. 왼쪽 어깨에 포탄을 맞으신 할머니는 사흘만에 돌아가셨다. 하늘이 산산조각 나는 아버지의 슬픔을 이해하지 못했던 시절이 못내 서럽다.

술 한잔 거나하게 걸치신 날이면 어머니를 그리워하는 아버지의 독백이 지루하도록 이어졌다. 40대 젊은 나이에 돌아가신 나의 할머니, 어머니를 몹시 그리워하는 아버지의 슬픔을 이해

하기엔 내가 너무 어렸다고 변명한다. 난리통에도 파르스름한 국방색 물감을 들인 명주 두루마기를 입으셨다는 할머니, 살림이 그리 궁색하지 않았을 터라고 짐작한다.

전쟁 와중에 할머니의 장례를 치르고 할아버지도 그만 시름시름 앓다가 돌아가셨다. 할아버지는 3대째 무녀독남이었다. 가까운 친척도 없었다. 아버지 대에 와서 아들 4형제가 더없이 대견하고 오졌을 터다. 하지만 자손들이 번창하는 일과 상관없이 전쟁은 할머니와 할아버지를 무참하게 앗아갔다.

집안에 어른이 안 계시자 큰아버지가 노름 등 방탕한 생활로 가산을 탕진했다. 큰아버지는 이미 결혼을 했고, 둘째인 우리 아버지는 24살 청년이었다. 한참 터울이 지는 동생들은 아직은 미소년이었다. 아버지는 할머니께서 생전에 어머니와 정혼해 놓으셨기에 그야말로 냉수 한 사발 떠 놓고 혼례를 올렸다.

어렵게 시작한 신접살이 삶이 고단할 때마다 어머니의 푸념은 한결같았다. 송곳 꽂을 땅 한자리 남기지 않고 물려 받은 재산 모두 팔아 없앤 큰아버지를 원망했고, 제몫조차 차리지 못하는 아버지를 착한 건지 미련한 건지 알 수 없다며 수시로 눈을 흘겼다.

날품으로 근근이 살아가던 부모님의 고생은 두말할 것도 없고, 우리 형제들의 고난도 필설로 다 표현할 수 없다. 아무리 절약해도 맨손으로 시작한 살림에 금시발복이 어려운 것은 당연하다. 그런 까닭에 7남매의 맏이인 나는 초등교육이 전부였다. 형편이 나아지면서 동생들은 상급학교에 진학할 수 있었다. 막내 여동생과 남동생들은 최고학부까지 마쳤다.

나는 걸핏하면 어머니의 복장을 질러댔다. 배움이 모자라 겪는 어려움의 전부를 순전히 부모 탓으로 돌렸다. 삶이 곤궁할 때마다 부모님을 원망하던 철없던 시절이 내내 부끄럽다. 그러나 아이들이 성장한 50대에 공부에 대한 한을 풀 수 있었다.

공부도 팔자라고 했던가? 어렵사리 대학에 들어가 1학년 마지막 기말고사가 끝났을 때 남편이 크게 부도를 맞았다. 터놓고 이야기도 못하며 힘들어 하는 남편 보기가 더없이 미안했다. 휴학을 하고 형편이 좋아지면 복학을 하겠다고 말했다.

하지만 남편은 얼마나 힘들게 들어간 대학인데 그리 쉽게 포기하느냐며 한사코 말렸다. 돈이야 다시 벌면 되지만 지금 휴학하면 다시 시작하기 어렵다며 용기를 북돋아 주었다. 등록금 걱정을 하면 빚을 내도 자기가 내올 것인즉, 휴학을 하면 절대로 안된다고 극구 반대했다.

진실로 고맙고 감사했다. 그런 남편에게 정녕 보답할 길이 무엇일까 고민했다. 언감생심 장학금을 받아보자고 욕심을 부렸다. 늦게 시작한 학업인데 모르는 것을 한 가지라도 더 배워야 함이 정당하고 마땅하다.

그럼에도 불구하고 나는 잔머리를 굴렸다. 수강신청을 하면서 비교적 쉽게 소화할 수 있는 과목만 택했다. 결석도 지각도 하지 않았다. 십분 이상 먼저 강의실에 들어가 수업 준비를 했다. 과제물도 최선을 다했다. 제출날짜를 한 번도 어긴 적이 없다.

과 수석이면 학비 전액 감면이다. 하지만 내 실력으로 과 수석은 별따기보다 힘들다. 차선으로 학비 70프로를 감면받을 수 있는 학년 수석을 목표로 최선을 다했다.

그리고 나서는 성적표가 날아오기를 목이 빠지게 기다렸다. 뜻이 있는 곳에 길이 있다고, 그토록 원하던 학년별 석차 일등 성적표를 받을 수 있었다. 마냥 기뻐해야 하는데 마음이 그다지 가볍지 않았다. 젊은 학우들을 앞지른 성적이 아니라는 생각뿐이다. 그러나 열심히 했다는 사실만은 인정하고 싶었다.

젊음을 만끽하느라, 넓은 미래를 꿈꾸느라 하는 틈새를 약삭빠르게 노린 만학도의 성적을 드러내놓고 자랑할 수가 없었다. 그러나 하나도 기쁘지 않았다면 그건 거짓말이다. 혼자서 많이 기뻐했다. 스스로도 대견했다. 젊은 학우들과 나란히 경쟁했다면 어림도 없었을 성적이다. '토끼와 거북'의 우화가 생각난다. 잠든 토끼를 깨우지 않고 살금살금 기어간 거북이를 꼭 닮았다.

고사리 괴담

　옛날 어른들께서 하시던 말씀이 생각난다. 단오 전에 올라오는 새싹은 무엇이고 다 먹어도 된다고 했다. 하우스 재배로 온갖 푸성귀가 풍족한 시절을 살면서 가끔 고리타분하게 유년을 추억한다. 먹을거리가 넘쳐나는 풍족한 세상이다. 그런데 유독 통통하게 살진 햇고사리를 보면 등골이 오싹해지는 이야기가 기억난다.

　30년도 더 지난 오래 전 일이다. 큰아이가 다섯 살 때였다. 소도시 변두리에 마당이 너른 전원주택을 짓고 살았다. 여태껏 살면서 그 집을 쉽사리 잊지 못한다. 아마 지금까지 그 집보다 너른 집에서 살지 못하는 아쉬움 때문이리라. 되돌릴 수만 있다면, 그쯤에서 다시 시작하고 싶은 생각이 굴뚝같다. 내 인생의 전성기가 분명했을 터인데 당시는 알지 못했다.

　터줏대감격인 젊은 이웃이 있었다. 앞산 뒷산 어느 골짜기에 무슨 나물이 많다는 것을 염주알처럼 총총하게 꿰고 있었다.

나는 첩첩산중 시골에서 자라서 그런지 나물 종류를 거지반 알고 있다.

어려서부터 나물과 푸성귀를 질리도록 먹고 살아 온 탓인지 뱃속도 촌스럽고 허름하다. 육식이나 별식을 먹으면 뱃속이 어김없이 거부반응을 일으키며 소란스럽다. 촌스러운 뱃속을 지닌 탓에 앞산 뒷산에 나물이 많다는 소리에 귀가 솔깃했다. 논두렁 밭두렁으로 나돌아다니며 돌나물을 걷어다 마당 한 옆을 돌나물 밭으로 가꾸고 부자가 된 듯 좋아했다.

터줏대감 '착한이엄마' 와 다섯 살, 세 살 난 두 아이를 데리고 나물을 뜯으러 들로 산으로 극성맞게 쏘다녔다.

집에서 조금 떨어진 야트막한 뒷산에는 가느다랗게 올라오는 햇고사리가 많았다. 잔디싹, 미역취, 개암취 등 바닥나물도 꽤 많았다.

앞산 공동묘지 부근에는 대궁이 튼실한 고사리가 많은 반면 바닥나물은 부실했다. 대궁이 굵은 고사리를 한 아름 꺾어 들면 더없이 뿌듯했다. 세 살 난 작은아이를 들쳐 업고 다섯 살 큰아이는 걸려가면서 산을 오르내리던 그악스러움도 젊어서 가능했지 싶다.

비가 오고 나면 쑥쑥 올라오는 고사리의 습성을 아는 것이 화근이라면 화근이었다. 이슬비가 부슬부슬 내리던 어느 날이었다. 나는 뭐에 홀린 듯 갑자기 고사리가 생각났다. 착한이엄마는 물론 내 아이들에게조차 비밀로 부쳤다. 그리고 혼자서 급하게 앞산을 향해 내달았다. 해가 다 간 저녁 나절이었다.

불쑥불쑥 솟아오르는 고사리의 유혹을 도저히 뿌리칠 수가 없었다. 내일 아침이면 누군가 다 꺾어 갈 것 같아 불안했다. 어서 네가 먼저 꺾어 가라고 끝없이 속삭이는 소리에 귀가 간지러워 미칠 것만 같았다. 한 시간만 부지런히 꺾어오면 부자 부럽지 않을 것 같았다. 두 눈을 멀거니 뜨고 앉아 내것을 몽땅 도둑맞는다는 어처구니없는 생각까지 들었다.

누군가 보았으면 영락없이 신기가 있는 여자였을 것이다. 이슬비 오는 저녁 공동묘지 쪽으로 올라가는 젊은 여자를 어디제 정신 있는 것으로 볼까? 오직 튼실한 고사리에 유혹당한 여자라고 감히 상상이나 했을까?

공동묘지까지 한 걸음에 달렸다. 정말로 튼실한 고사리가 불쑥불쑥 솟아 올라오고 있었다. 나 잡아라, 유혹하는 고사리가 대견해서 비죽비죽 웃음이 새어 나왔다. 정신없이 고사리를 꺾었다. 살진 고사리를 뚝뚝 꺾는 기쁨은 환희로 이어졌다. 이리저리 경중경중거리며 고사리를 꺾었다.

허리가 아파 등을 펴고 고개를 치켜드는 어느 순간, 갑자기 귀가 쭈뼛하고 뒷목이 서늘함을 느꼈다. 안개비가 내리는 공동묘지 봉분마다 쩍쩍 갈라져서 머리를 산발한 귀신이 헤헤거리며 나올 것만 같았다. 온갖 잡귀들이 달려들어 목을 조를 것만 같았다. 머리카락은 말할 것도 없었다. 온몸에 털이란 털은 모조리 곤두섰다. 무서움이 전신을 휘휘 감았다. 꺾어 든 고사리도 던져

버렸다. 나물바구니도 나 몰라라 팽개쳤다. 걸음아 나 살려라 죽을 힘을 다해서 뛰었다.

나무등걸에 걸려 넘어지고 자빠지고 어떻게 집에까지 왔는지 모른다. 식은땀으로 목욕을 한 듯 온몸이 흠뻑 젖었다.

집안에서는 아이들 웃음소리가 평화롭게 들렸다. 일찍 귀가한 남편이 아이들과 즐겁게 노는 모습에도 아랑곳없었다. 문을 안으로 꽉 닫아걸었다. 귀신들이 쫓아왔을지 모른다. 새파랗게 질린 나를 남편이 뜨아한 눈으로 바라본다. 자초지종을 말했다. 남편은 벌벌 떠는 나를 감싸주기는 고사하고 대뜸 하는 소리에 정나미가 떨어진다.

"당신 미쳤어, 미쳤냐고? 정신이 나갔어, 제 정신이야?"

벌처럼 쐐기처럼 쏘아부친다. 고사리 한 바구니가 얼마나 하느냐고? 저녁에 아이들만 집에 두고 공동묘지로 고사리 꺾으러 가는 것이 정상이냐며 아예 미친 사람 취급을 했다.

지금 생각해 봐도 귀신에 홀렸었나 보다. 그렇지 않고서야 아무리 튼실한 고사리가 지천으로 올라온다고 해도 이슬비 내리는 해질녘에, 서른 살 안쪽의 젊은 여자가 어떻게 공동묘지에 올라갈 생각을 했을까? 납량특집에나 나올 법한 으스스한 추억이다.

그중 편한 신발

친정어머니가 지금의 내 나이쯤 되었을 때였다. 어려서부터 골골했던 나는 애물단지나 다름이 없었다. 웬만한 집 막내딸보다 더 애틋해서, 툭하면 어머니 가슴을 점점이 도려내었지 싶었다. 생각하면 어머니께 더없이 죄송한 마음이다.

그 해 가을, 큰댁에서 김장을 하려고 배추와 무를 잔뜩 가져왔다. 혼자서 김장을 하려니 도통 엄두가 나지 않았다. 그래서 만만하게 전화를 드렸다.

"엄마, 우리 내일 김장하는데 쌈 잡수러 오실래요?"

당연히 입에 발린 소리다. 친정어머니라서 만만하게 군다. 파출부 이상으로 부려 먹을 심사인지 번연히 아실 터다. 그래도 군소리를 하시는 법이 없다. 돌아보면 유독 큰딸에게 더 정성을 쏟으셨음을 새삼 느낀다. 그 깊고깊은 애틋한 속을 저무는 햇살을 등지고 깨닫는다.

"그래, 알았다. 내일 아침에 일찍 가마. 배추는 절여놨니?"

"큰댁에서 50포기 가져다 절여 놨어요."

"자주 손을 보아 놓아라. 김장배추는 골고루 절어야 맛이 있다."

맏딸이 백발이 성성해진 지금도 어린아이로 보시니, 그때는 말할 것도 없었다. 딸의 살림살이 하나하나를 못믿어 염려를 하신다. 김장도 제 손으로 척척 하지 못하는 딸의 건강이 노상 염려스러운 어머니다. 다음날 어머니는 잠도 설치고 오셨나 꼭두새벽에 들이닥쳤다.

그런데 어머니가 신고 온 구두가 새빨간 색이다. 눈에 확 들어오는 색이라 저절로 시선이 내리꽂혔다. 내가 사드린 적이 없다. 누가 사드렸는지 의심스럽다. 막내딸이? 아니면 큰올케가?

그러나 큰올케 심미안으로는 어림도 없다. 큰올케는 새댁티를 벗기 오래 전에도 어머니 생신 때 살색 아주 점잖은 스웨터를 사다 드린 사람이다. 그런 올케가 빨간색 구두를 사 드릴 리 만무하다.

막내 여동생 역시 빨간색 구두를 살만큼 정열적이지 못하다. 저렇게 고운 빨간 구두를 어머니께 사드린 사람이 도대체 누구란 말인가? 한참을 보아도 빨간색 구두가 낯설다. 궁금증을 풀어넬 요량으로 물었다.

"엄마, 새빨강 구두 신었네. 누가 사다 드렸어요?"

당신 발을 천천히 내려다보며 민망해 하신다.

"으응, 요새 마땅하게 신을 것이 없어서 가게에 갔는데, 이 신발이 그중 편하길래 샀다."

발이 편해서 샀다는데, 당신 발이 그중 편해서 샀다는데 더 이상 무슨 말이 필요할까? 어머니는 빨강 그 고운 색을 젊은 시절에 본새나게 걸칠 형편이 못되었다. 없는 살림에 여러 남매 거두느라 빨간색은 고사하고 물색있는 변변한 나들이옷조차 구경한 적이 없었다.

꽃처럼 화사했던 젊은날이 바람결에 사위어 가는 게 몹시 억울했을 어머니다. 그런 어머니가 손수 윗옷이나 바지, 치마를 빨간색으로 휘감기에는 아무래도 자신이 없었을 것이다. 그리하여 저 끝으로 흘러간 당신의 청춘을 애써 불러 오신 것이 분명하다.

"엄마, 빨간색 구두가 정말 잘 어울려요."

살갑게 애교를 떨어도 좋으련만 태성이 무뚝뚝한 나는 말없이 어머니의 시린 가슴을 쓸어 버렸다.

"발이 편하면 됐지요."

바람 든 무처럼 가슴 한켠 몹시 허전했을 어머니 마음을 아는 체한 눈뜬 봉사나 다름이 없었다.

그런 딸년이 어느 세월에 백발이 성성해 졌다. 젊음이 늘 내 곁에 머물러 있을 줄 알았다. 얼굴에 화장을 하는 것도, 물색 고운 옷도 한 살이라도 젊어 입어야 예쁜 거라고 성화를 바치던 어머니가 괜한 소리를 한다고 생각했었다.

촌스럽게 빨간색을, 분홍색을 어떻게 입고 다니느냐고 콧방귀나 풍풍 껴댔다. 사십을 전후해서부터인가 뱃살이 늘어나고 허리가 대책없이 굵어졌다.

다이어트를 하기보다 위장술을 애용했다. 검정 계열을 입어 날씬한 척 보이려 했다. 그때도 어머니는 성화를 부렸다. 제발 한 살이라도 젊어서 가꾸라며 늘어진 자세를 책망했다. 그러나 여전히 귓전으로 흘렸다.

어머니 마음을 그토록 외면했던 내가 요즘 들어 주책없이 빨간색이 곱게 보인다. 염치도 없이 부쩍 고운 색에 마음을 빼앗기고 서성댄다. 고운 색이 눈에 들어 오면 늙는 거라는데, 어두운 색이 점점 싫어진다. 참으로 미치고 환장할 일이다.

꽃분홍색이 예쁘게 보인다. 빨간색이 더 화사하고 예쁘다. 병아리처럼 샛노란색으로 전신을 칭칭 감고도 싶어진다. 참으로 요사스러운 마음이다. 어머니의 빨간색 구두가 나를 향해 정겹게 걸어온다.

오래 전 김장 하던 그 날 어머니가 신고 오신 빨간색 구두가 정녕 어머니의 마음이란 걸 지금 깨닫는다. 돋보기 안경 너머로 어머니 마음이 또렷하게 보인다.

나도 꼬리를 달고 싶다

막내동서와 나는 농사를 짓는 시댁으로 일손을 도우러 봄가을이면 며칠씩 다녀오곤 한다.

"아버님, 다녀오세요."

나는 외출을 하는 시아버지에게 가벼운 인사를 할 뿐, 천성이 살갑지 못해 애교라고는 눈씻고 찾아보아도 없다. 형식적인 친절마저도 턱없이 부족하다..

"아버님, 일찍 오세요. 저녁은 집에 오셔서 드셔야 해요."

막내동서는 약주를 즐기는 아버님께서 취해서 오실까봐 미리 걱정을 하며 선수를 친다. 어깨에 매달리다시피 마당 끝까지 따라 나가서 배웅하는 막내동서는 온갖 애교에 능수능란하다.

"어머니, 막내 좀 보세요. 꼭 여우같지요. 아버님께 저렇게 여우짓 떠는 것 좀 보세요."

"넌 저렇게 할 수 있니?"

"아니요. 못해요. 어머니께서는 저렇게 하실 수 있으세요?

"아니, 나도 저렇게 못 해봤다."

둘째 며느리인 나와 시어머니는 막내동서의 살가운 애교에 괜한 시샘을 부리며 부러워 했다.

무뚝뚝한 아버님도 막내며느리의 살가움에 "오냐" 짧게나마 응수를 해주신다. 집안 어른들 모두 늘 미소가 고운 막내며느리, 막내동서를 좋아했다. 아버님도 부지런하고 살가운 막내며느리에게 후한 점수를 아끼지 않았다.

"여자 키 커야 쓸모없다. 옷감이나 많이 들지."

기성복 천지인 세상이건만, 어머님을 비롯한 집안 여자들중에 제일 부드럽고 사근사근한 막내며느리만 은근히 감싼다. 나 또한 괜한 시샘을 부려보지만, 살갑고 바지런한 막내동서에게 소복한 정을 느낀다. 어린 나이에 막내 시동생의 거친 낚싯밥을 겁도 없이 물었다.

막내동서는 살아오면서 어떤 힘든 일이라도 포기하는 법이 없었다. 태산준령도 어떻게든 넘어보려는 수고를 아끼지 않는다. 그 때문에 웬만한 실수는 넘겨 버리고 집안 어른들과 손위 형제들의 사랑을 받는 거 같다.

그렇게 살갑고 고운 막내동서에게 청천하늘에 날벼락이 떨어졌다. 막내 시동생의 교통사고. 동서는 물론 가족 모두에게 크나큰 충격이었다. 시동생은 생사를 넘나들며 중환자실에서 여러 달을 지냈다. 그 힘든 나날을 막내동서는 눈물바람과 싸우며 잘도 견뎌냈다.

어느 날, 병원측은 환자가 오늘 밤을 넘기기 어렵다며 가족들을 불러 모았다. 중환자 대기실에서 가족들은 뜬눈으로 밤을 새웠다. 백일도 안된 둘째 아이를 업고 눈물로 가슴을 태우는 가녀린 동서를 보며 나는 최악을 생각했다.

만약에, 정말 만약에 시동생이 잘못 된다면 20대 초반 막내 동서를 붙잡아둘 용기는 누구도 없다. 그렇다면 어린 조카들은 내가 키워야만 한다. 생각이 그 즈음에 머물자 어깨가 천근만근 무거워졌다.

큰형님은 이미 여러 명의 자녀가 있다. 셋째 시동생은 아직 미혼이다. 그러면 당연히 아이 둘이 있는 내가 키워야 한다고 생각했다. 큰엄마가 둘씩 있는데 조카들을 고아원으로 보낼 수는 없지 않는가? 수입이 변변치 않은 남편만 의지하면 힘들겠다. 나도 돈을 벌어야 한다. 기술도 학벌도 없는 내가 돈을 벌 수 있는 방법이 쉽사리 떠오르지 않았다. 공장에라도 다녀야 하나? 아니지. 그러면 아이들 꼴이 엉망진창될 게 분명해. 집에서 부업을 해서라도 조카들을 내 자식처럼 키워야 한다. 당장 발등에 불이 떨어진 것처럼 복잡한 머리로 온밤을 지새웠다.

"설마 병원인데… 암, 병원인데 내 자식을 그냥 죽게 내버려둘라고?"

깜빡 선잠에 놀라며 뇌까리는 시어머니가 불쌍해 보였다. 막내동서는 가슴을 움켜쥐고 밤새 울어서 두 눈이 퉁퉁 부었다.

새벽녘 중환자실 문이 조용히 열리고 의사 선생님이 초췌한 모습으로 나왔다. 석고처럼 굳어 있던 우리 가족은 의사 선생님의 표정을 살피기에 바빴다. 그 짧은 순간은 정말 지옥이었다.

"위험한 고비는 넘겼습니다. 며칠 더 두고 봅시다."

천국이 따로 없었다. 의사 선생님의 한마디에 천국과 지옥을 넘나들었다.

"선생님, 고맙습니다."

하느님 감사합니다. 부처님 감사합니다. 우주공간에 존재하고 있는 모든 신은 물론 온갖 잡신에게조차 감사기도를 드리고 싶었다. 비로소 밤새 어깨가 빠지도록 힘들게 지고 있던 어린 조카들을 내려놓았다. 어깨가 새털처럼 가벼웠다. 이게 바로 천국이구나 싶었다.

순간, 밤새 최악에 골몰했던 자신이 부끄럽고 죄스럽다는 생각이 들었다. 제발 무사하길 빌어도 모자라는 시간에 불길한 생각으로 날을 밝힌 속마음을 들키지 않아 다행이다.

시동생은 긴 투병생활을 마치고 퇴원했다. 다시 어려움을 견뎌내며 생활전선에서 최선을 다하는 시동생과 동서의 모습이 강건해 보였다. 어린 나이에 어디서 그렇게 강한 힘이 나오는지 몰랐다. 힘든 일 궂은 일 가리지 않고 밤낮으로 열심히 사는 모습이 숭고하기까지 했다.

남편을 신뢰하는 모습이 참으로 좋아 보였다. 남편을 유일신처럼 받들어 모시는 모습이 때때로 나를 부끄럽게 만들고 반성하게 한다. 억척을 부리며 일한 열매가 실했다. 형제중에 제일 알토란같은 살림살이다.

막내동서의 힘찬 부활을 보며, 고인이 된 시아버님 시어머님 생각이 난다. 지금의 막내아들을 보면 얼마나 기뻐하실까? 인간 수명 백 이삼 십 세를 바라보는 세상이다. 장수를 하였다면 지금까지 사셨어도 그다지 많은 나이가 아니란 생각이 든다.

살가운 막내동서는 꼬리를 흔들다 못해서 지금은 아예 공작새 날개처럼 활짝 펴고 온화한 중년을 산다. 천성이 살갑지 못한 나에게 어울리지 않아도 좋다. 동서를 닮은 화려한 날갯짓을 나도 한번 근사하게 해보고 싶다. 깃털 몇 가닥 뽑아 달라고 해 볼까? 동서의 여우꼬리를 슬며시 잡아당긴다.

내 황혼 수원에서 춤추다

수원의 푸른지대 딸기밭은 1970년대에 퍽이나 유명했다. 연인이어도 좋고, 친구들과 금싸라기만큼이나 귀한 휴일에 다녀올 계획들을 세우곤 했다. 첫째와 셋째 일요일만 휴일로 지내던 시절이다. 그 휴일마저도 바쁘면 특근과 야근을 해야만 했던 힘든 과거이다.

소사(지금의 부천)의 복숭아밭, 안양의 포도밭, 수원의 딸기밭을 제철에 다녀 올 수 있다면 그야말로 휴일을 보람되게 보낸 셈이다. 지금처럼 하우스 재배로 사시사철 과일이나 채소를 풍족하게 먹을 수 없었던 시절이다. 제철에 나오는 과일을 과수원에 직접 가서 음미해 가며 먹는다는 건 최고의 멋진 데이트요 낭만이었다. 그렇게 수원은 나와 첫 번째 인연을 맺었다.

막내 시누이가 수원으로 시집을 갔다. 완고하던 시아버님 앞에 막내 시누이가 연애결혼을 선포했다. 딸자식도 멀리 시집 보내면 자주 볼 수 없다는 아버님의 지론은 한결같았다. 친분있는 분들에게 중매를 부탁하여 당신 가까이에 두고 싶어하였다. 아버님의 뜻을 어기고 수원 사람이 될 거라 뜻을 굽히지 않았던 막내 시누이 때문에 수원과 두 번째 인연을 맺은 셈이다.

성격이 활달한 막내 시누이는 수원에 뿌리를 내리고 가지를 치며 20년 넘게 지금까지 잘 살고 있다. 시누이가 결혼한 처음 몇 년은 1년에 한 두 번 시누이 집을 오고 갔었다. 사교성이 남다르고 오름과 내림이 분명한 시누이는 친구들도 잘 사귀었다. 시댁 8남매도 모자라 9남매의 일원으로 의형제를 맺은 친구도 있다. 그리고 그 친구를 대동하고 친정을 수시로 드나들었다.

그런 시누이가 급기야는 셋째 시동생을 끌어 내려 수원 사람으로 만들었다. 후덕한 시누이의 성격만큼이나 수원의 인심 또한 후하지 않았을까 생각된다. 때문에 해를 거듭할수록 우리 가족이나 시댁 형제들이 수원을 드나드는 횟수가 늘어갔다.

이십 사오 년 전 수원 도심 길은 일방통행이 참 많았던 걸로 기억된다. 수원 지리에 문외한이던 가족들은 이 골목 저 골목을 헤매기가 일쑤였다. 근처까지 가서도 뱅뱅 돌며 집을 찾지 못하고 끝내는 전화로 위치를 알려주면 마중 나오기가 다반사다. 수원 방문 초기에는 다녀 올 때마다 미로 속을 헤매다 온 기분이었다.

그렇게 20년 넘게 수원을 드나들게 되었다. 이제는 수원 근교 유원지까지 돌아볼 만큼 수원 지리에 밝아졌다. 8남매중 두 형제가 수원 사람으로 뿌리를 내렸다. 의형제를 맺은 또 다른 막내 시누이 역시 수원에 둥지를 틀었다. 막내 시누이가 맺은 의형제를 포함한 9남매 중 3남매가 완전히 수원 사람이다. 나머지 형제들은 시댁 근처에 흩어져 살고 있다. 두 번째 수원과 맺은 인연은 이변이 없는 한 지속될 것이다.

수원과 맺은 마지막 인연은 나에게 정말 보석과도 같은 것이다. 나는 6 · 25 직후에 태어나 가난한 시절을 살았다. 모두가 가난했던 시절, 아들도 아닌 딸이 상급학교 진학을 꿈꾼다는 것은 지극히 불행한 일이었다. 포기하며 살았으면 편했을지 모른다.

불태워 보지 못한 향학열을 끝내 떨쳐내지 못했다. 지병처럼 앓고 있던 가슴앓이는 시도 때도 없이 재발되었다. 그러나 좀처럼 배움에 목말랐던 갈증을 해소할 기회는 주어지지 않았다. 배우지 못했던 한은 동생들을 통해 대리만족을 할 수밖에 없었다. 결혼하기 한 달 전까지 동생들의 학자금을 걱정했다. 나를 제외한 형제들이 초등학교 졸업장을 끝으로 학업을 중단한 사람이 없음을 감사했다. 때로는 자신을 위해 투자하지 못했음을 몹시 후회도 했다. 7남매의 맏이라는 사슬은 늘 버겁고 힘들었다.

결혼 후 아이들을 키우면서도 배움에 대한 갈증은 수시로 불청객이 되어 불쑥불쑥 찾아왔다. 아이들 가정환경조사서에 부모의 학력난을 표기하는 궁색함이 싫었다. 아이를 학습에 도움을 주지 못하는 것도 말할 수 없이 안타까웠다.

하지만 결혼 전에도 할 수 없었던 공부를 결혼 후에 하기란 쉽지 않았다. 생활이 그리 풍족하지 못했다. 부업에서부터 직장 생활까지 나름대로 열심히 살았다.

40대 후반까지 다니던 조그만 전자회사가 불경기로 문을 닫는 바람에 전업주부로 집에 있게 되었다. 오랜만에 자유로운 시간이 내게 주어졌다. 그때 열병이 다시 고개를 불쑥 내밀었다.

행운의 여신이 예고도 없이 찾아와 주었다. 결혼 후에도 졸업과 입학 시즌이면 열병처럼 앓고 있는 내 꿈의 색깔을 남편은 고맙게도 읽고 있었던 것이다. 남편의 격려와 배려로 초등학교 졸업 40여 년만에 책장을 다시 넘길 수 있었다.

오랫 동안 마음 한구석에 한으로 주리를 틀고 앉았던 공부가 생각만큼 쉽지 않았다. 돌아서면 잊어버리고, 책장을 덮으면 언제 나 보았느냐는 식이다. 학습이 입력되지 않았다. 입력이 되지 않으니 출력 또한 쉽지 않아서 시험을 볼 때면 난감하기 이루 말할 수 없었다.

그렇게 어렵사리 중고등 과정을 마쳤다. 향학에 대한 열정은 끝내 결실을 맺었다. 2004년, 그토록 원하던 대학을 갈 수 있었다. 수원에 있는 경기대학교 문예창작과 만학도 수시모집에 합격하는 영광을 얻었다.

어린시절 문학소녀를 꿈꾸지 않았던 사람이 어디 있을까? 헌데도 내 생활은 소설책 한 권 제대로 읽을 수 없을 만큼 궁핍했었다. 하지만 이제라도 열심히 공부해서 자서전 하나라도 멋지게 쓸 수만 있다면……

소박한 꿈을 키우며 넓은 교정을 거닌다. 지천명을 넘긴 나이에 여대생이 되었다. 돌이켜 생각하면 실로 꿈만 같다. 젊은 친구들이 물결치듯 넘쳐나는 교정이 결코 낯설지 않음이 신기하다.

교정 곳곳의 나무그늘조차, 강의실 앞 자판기 커피 향기마저도 내겐 더없이 신선하다. 딱히 공부할 계획이 없어도 수시로 도서관을 드나든다. 제목조차 머리에 들어오지 않는 무거운 전문서적들을 눈으로 읽지 못할지라도 마음으로 읽는다. 내 황혼은 어렵게 가장무도회에 참가한 신데렐라처럼 수원에서 멋진 블루스를 추고 있다.

무도회장에 갈 수 있도록 황금마차를 마련해 준 남편이 고맙다. 황금마차를 열심히 끌고 가도록 말없이 지켜봐 주고 도와준 자식들도 고맙다. 특히 과외선생 노릇을 해 주던 막둥이 남동생이 더없이 고맙다. 시댁 어른들 역시 후원을 아끼지 않았다.

불경기로 모두가 힘들다고 하는 때에 공부한다고 하는 제수씨를 가문의 영광으로 생각하고 다독여 주는 시숙님과, 알게 모르게 격려해 주던 시누이들이 고맙고 감사하다. 그들이 있었기에 춤추는 신데렐라는 무도회가 끝나는 열 두시까지를 사랑한다. 아니, 곱게 물들어 가는 황혼녘을 사랑한다.

너가 시리다

큰어머니는 골이 흔들린다며 무명끈으로 이마를 질끈 동여 매고 있었다. 그 모습이 우습고 이상해 보였다. 이상한 건 또 있었다. 큰어머니는 방 안에서도 무릎이 싫다며 이불을 끌어다 덮었다. 어린 마음에 자기 신체의 일부인 무릎이 왜 싫다고 하는지 이해할 수 없어 몹시 궁금했다.

"엄마, 큰엄마는 무르팍이 싫대."

"싫은 게 아니고 시리다는 거야."

시린 것 하고 싫은 것을 구별하지 못하는 어린 나이였다. 돌아보면 그쯤이 세상 걱정을 모르던 참으로 행복한 시절이었을 성싶다.

세월이 빨리도 지나갔다. 시간에 바퀴를 단 듯 사정없이 굴렀다. 친정어머니가 어느 때부터인가 자꾸 무릎이 시리다고 했다. 엄살을 부리시는지, 정이 그리우신지, 시린 것도 모자라 큰엄마처럼 무릎에서 찬바람이 나온다고 어리광을 부린다.

시린 것과 싫은 것이 다르다는 것을 충분히 아는 나이다. 그럼에도 뼈저린 어머니의 아픔을 한낱 하소연처럼 가볍게 지나쳤다. 도대체 무릎이 시리다는 것이 얼마만큼의 무게를 지닌 통증인지 가늠할 수가 없었다.

막연히 바람의 무게인양 찬바람이 드러낸 얼굴을 관통하는, 그런 느낌일 거라고 생각했다. 꽁꽁 언 손발이 따뜻한 곳에 안주하면 사르르 녹아 내리는 아릿한 통증같은, 아마 그쯤의 통증이 될 거라고 생각했다.

그 때문에 어머니가 푸념처럼 호소하는 시린 무릎도 따뜻하게 감싸주면 스르르 녹아 내리는 줄 알았다. 그 정도의 통증을, 아니 느낌을 어머니는 괜히 엄살을 부린다고 생각했다. 큰어머니가 이불을 끌어다가 시린 무릎을 덮었던 것처럼, 어머니도 이불을 끌어다 시린 무릎을 덮어주면 될 터인데 공연스레 푸념을 하고 있는 것처럼 보였다.

아버지가 돌아가시고 난 후 어머니의 증세는 부쩍 심해졌다. 마치 당신 무릎이 선풍기라도 되는양, 무릎에서 찬바람이 술술 나온다는 터무니없는 말을 자주 했다. 늙어 갈수록 아이가 된다더니, 어머니의 엄살은 응석으로 변했다. 지하철 요금이 공짜라며 친구 집을 수시로 다녀 오시면서도 자식들이 눈에만 띄면 무릎에서 찬바람이 나온다고 하소연이다.

이마를 동여 맨 큰어머니를 이상하게 보았던 철딱서니없었던 딸이, 무릎에서 찬바람이 나온다는 어머니의 시린 통증을 엄로 치부했던 딸이, 끝내 가는 세월을 비켜서지 못했다. 지금 옹 골지게 벌을 받고 있다.

싸늘한 통증이 느닷없이 어깨 위로 침범해 왔다. 소슬한 가을바람에도 이불깃을 자꾸 끌어 올릴 만큼 심상치 않다. 믿을 수 없는 세상이다. 내 어깨에서 느닷없이 거짓말처럼 찬바람이 나온다. 머리맡에 주섬주섬 옷가지를 늘어놓고 울타리를 쳐보지만 아무 소용이 없다.

어머니처럼 무릎에서 나오는 바람이라면 이불자락을 끌어다 덮어도 보련만, 어깨에서 나오는 바람은 이불로도 덮을 수가 없다. 이불을 푹 뒤집어 쓰고 있자니 이내 숨이 막힌다. 어깨에서 나오는 찬바람을 막아 내느라 두툼한 윗옷을 입고 잠자리에 든다. 겨울이 점점 싫다. 어머니의 시린 무릎을 엄살로 치부한 죄값으로 여전히 등이 시리다.

눈물의 졸업장

산골학교 졸업식. 두 반을 합한 학생이 기껏 60명 남짓이다. 빛나는 졸업장을 타신 언니께, 졸업식 노래 1절 가사가 끝나기도 전인데 나는 강당을 뛰쳐나왔다. 강당이랬자 미닫이문으로 칸을 막아 놓은 교실 세 칸을 터서 학예회장으로, 졸업식장으로 사용한다. 내겐 결코 빛나는 졸업장이 될 수 없어서 텅 빈 교실로 돌아왔다.

책상에 엎드려서 한참을 울었다. 가난 때문에 상급학교에 진학할 수 없는 슬픔은 견딜 수 있었다. 학생생활기록부에 별처럼 박혀 있던 '기성회비를 납부치 못하여 우등상을 주기 곤란함' 이란 주홍글씨 스무 자가 내 목을 조여왔다. 너무 아팠다. 견딜 수 없이 서러웠다.

시험지 채점이나 장학사라도 온다는 전갈이면 으레 교실 미화를 도맡아 시키던 담임선생님이셨다. 나는 매사에 두루 칭찬을 받던 모범학생이었다. 선생님 책상을 닦으려다 보지 않아도 좋았을 것을 보게 되었다. 펼쳐진 생활기록부에서 친구의 것을 보게 되었다. 궁금중에 내 이름도 찾아 들춰보았다. 순간, 심장이 멎을 것 같았다. '기성회비를 납부치 못하여 우등상을 주기 곤란함.' 정확하게 스무 글자가 내 가난을 조롱했다.

당시 우리 집 옆에 살았던 1학년 담임선생님과 친분이 있었다. 1학년 학습용 괘도를 내게 자주 부탁하셨던 걸로 보아 그림도 곧잘 그렸지 싶다. 그 선생님께 기성회비를 납부하지 못하면 우등상을 탈 수 없는거냐고 물었고, 보았던 사실을 말씀드렸다.

선생님이 왜 그러셨을까? 의문부호를 남긴 걸로 보아 내 말이 담임선생님 귀에 들어 간 것이 확실했다. 교실로 돌아온 우리 반 학생들은 엎드려 울고 있는 나를 의아해 했지만, 의외로 담담한 척하는 담임선생님이 싫었다. 선생님의 개인적 감정을 기록하지는 않았을 터다. 그래도 선생님이 미웠다. 짝꿍 남순이가 왜 우느냐고 자꾸 물었지만, 차마 내 입으로 누더기같은 내 가난을 말할 수가 없었다.

한 달에 20원씩 내는 기성회비는 6학년까지 3년치가 고스란히 미납되었다. 우등상을 줄 수 없는 학생으로 내몰린 대책 없는 가난이었다. 동생들은 울고불고 보채는 바람에 밀리지 않았다.

나는 화장실 청소를 도맡아 했어도, 수업중에 수도 없이 집으로 돌려보냈어도 돈 나올 구석이 없는 어머니를 한 번도 졸라대지 못했다. 학교 뒷산에 올라가 하교종이 울릴 때까지 기다렸

다가 도둑고양이처럼 살짝 교실로 숨어들어가 책보를 가져오곤
했다.

담임선생님이 졸업장과 우등상장을 받아가라고 여러 번 호
명했지만, 졸업장과 우등상을 구걸하듯 받아들 용기가 없었다.
엉뚱하게 오기를 부렸다.

"선생님, 이 다음에 돈 벌어서 밀린 기성회비 다 내고 와서
찾아가겠습니다."

옹이진 한마디를 내뱉고는 교실을 뛰쳐나와 집으로 달렸다.

그 동안 참았던 속이 꽉 찬 듯 철든 마음을 헤집고 악착을
떨었다. 딸의 그악한 넋두리에 놀란 어머니는 나를 달래느라 진
땀을 흘리다 못해 급기야 통곡을 했다. 나보다 더 서럽게 울던
어머니를 가엾게 여긴 건 요즘에 들어서다. 그러나 매년 받았던
우등상을 마지막 학년에는 기성회비를 3년이나 납부하지 못해
받을 수 없었다. 친구들이 집으로 가져다 준 졸업장은 살아가는
동안 내내 채찍질이었다.

당당한 아이

하남시립도서관은 시청 건물과 한 울타리 안에 있다. 계절 따라 피고 지는 아름다운 꽃들과 갖가지 수목들이 잘 가꿔져 있다. 공원 곳곳에 쉼터도 마련되어 있다. 여러 가지 운동기구도 있다. 무료로 이용하는 시설로 이만한 것도 없지 싶다. 때문에 나는 자주 시립도서관을 찾는다.

도서관에서 책을 읽다 싫증이 나면 공원을 돌며 운동도 하고 산책을 하기도 한다. 구내식당에서 라면이나 김밥으로 점심을 때우고 아예 하루 종일 도서관에서 지내다 오는 날도 있다.

시민의 한 사람으로 의무를 다했다면 누릴 권리 또한 충분하다고 생각한다. 공공시설을 최대한 사용하고 싶은 나는 시청의 공공행사에 일반 관객으로 참석하기도 한다. 손녀를 데리고 가는 경우가 대부분이다.

세상에 둘도 없는 손녀딸, 그야말로 눈에 넣어도 아프지 않을 손녀와의 데이트는 내 행복의 원천이다. 나는 그 애가 서너 살 때부터 도서관에 데리고 다니며 동화책을 읽어 주곤 했다. 내 아이들을 키울 때는 아둥바둥 사는 게 힘들어서 꿈도 못 꾸었던 일이다. 아이들에게 책을 읽어주는 따위는 외면하고 살았지 싶다. 그 부분은 늘 미안하고 염치없다.

손녀를 돌보는 나이를 살면서 마음의 여유를 갖는다. 아이가 12살이 될 때까지 잠들기 전에 책을 읽어 주는 것이 좋다는 교육을 받았으니 실천할 일만 남았다. 아이들의 정서 함양에 그보다 좋을 수 없단다. 손녀가 태어나서 실천할 기회가 주어졌다. 얼마나 다행한 일인지 모른다.

손녀 또한 할머니와의 도서관 나들이를 즐기니 더없이 기쁜 일이다. 손녀와는 찰떡궁합으로, 아마도 전생에 연인이었나 보다. 심심하면 제가 먼저 도서관에 가자고 조르는 손녀와 즐기는 데이트, 도서관으로 직행하는 때가 있는가 하면, 시청 앞 공원에서 운동기구를 타고 놀기도 한다.

호기심 많은 손녀는 운동기구마다 올라가거나 매달려서 할머니의 도움을 청한다. 때로는 귀찮은 적도 있지만, 지나치는 이들이 손녀를 보고 예쁘게 생겼다는 소리와 늦둥이인 줄 알았다고 하는 말에 행복해 하는 팔불출 할머니다.

그렇게 도서관 나들이를 하는 사이에 손녀가 일곱 살이 되었다. 두 해째 유치원을 다녔어도 손녀는 한글을 모른다. 제 어미의 말로는 일찍 한글을 가르치고 닦달하면 공부에 취미를 잃는다는 것이다. 잠자리에 들기 전에 동화책을 읽어 주는 버릇은 계속되었다.

손녀는 도서관에 들어가기가 무섭게 표지 그림만 보고는 동화책을 쑥쑥 골라온다. 동화책을 골라 와서는 엉뚱한 요청을 한다. 재미있게 읽으면서도 할머니 목소리를 내지 말고 할머니처럼 자연스럽게 읽으라는 난해한 주문을 한다.

어린아이 목소리를 흉내내는 가성은 어울리지 않는다 하고, 할머니의 목소리 그대로 읽으면 재미없다고 한다. 이도 저도 퇴짜를 놓으며 할머니의 목소리를 까다롭게 테스트한다. 낭랑한 동화 구연 목소리를 흉내내고서야 합격 판정을 받는다. 귀찮을 법한 일상이다. 하지만 나는 되도록 재미진 일상으로 전환시키며 행복한 할머니라고 우긴다.

손녀는 무남독녀로 혼자 크는 아이다. 더 이상 손주를 볼 것 같지 않다. 요즘은 젊은이들이 아이 낳기를 꺼려 하는 세상이다. 자식에게 경제적 도움을 주지 못하고 무턱대고 손주 타령을 했다간 퇴물로 여길 터이니 아예 입도 벙긋 못한다. 오직 무남독녀 손녀에게 공을 들인다. 할머니 자격을 부여해 준 아들과 며느리에게 오히려 감사하고 산다. 그 때문인지 딱히 귀찮다는 생각이 들지 않는다.

손녀가 일곱 살 나던 봄이었다. 도서관에서 동화책을 읽어 주고 있는데, 그날 따라 젊은 엄마들이 많이 와서 동화책을 읽어 준다. 엄마를 따라온 아이들은 하나같이 내 손녀보다 어린 아이들로 보였다. 젊은 엄마들은 꾀꼬리를 삶아서 먹었는지 구워서

먹었는지, 아니면 아침이슬만 먹고 사는지 어쩌면 목소리들이
그리도 고운지 할머니인 나는 그만 기가 팍 죽었다. 억지로 고운
목소리를 내자니 심기가 여간 불편하지 않았다. 슬슬 화가 나기
시작했다.

이리 둘러 봐도 저리 둘러 봐도 손녀보다 어리게 보이는 아
이들이다. 그런데도 몇 명은 또랑또랑하게 동화책을 큰소리로
읽고 있다. 유아방에 있는 아이들 중에 손녀가 제일 크게 보였
다. 은근히 부끄럽다는 생각이 들었다. 내 손녀보다 어린 아이들
대부분이 한글을 깨우친 듯 보였다. 그날 따라 손녀는 유독 커 보
였다. 동화책을 쉴 새 없이 가져와 읽어 달라는 손녀가 은근히 짜
증이 났다. 괜스레 젊은 엄마들의 시선도 의식되었다.

막말로 할머니 주제에 잘난 체하는 것 같고, 손녀를 도서관
에 데리고 다닐 줄만 알았지 한글도 가르치지 않은 무능한 할머
니요, 더 나아가서는 제 어미까지 욕되게 하는 것처럼 불편하게
느껴졌다. 더 이상 도서관에 있고 싶은 마음이 없어졌다. 손녀에
게 그만 집으로 가자고 재촉했다. 그러나 손녀는 더 읽어 달라며
집에 가지 않으려 했다.

화가 난 나는 손녀에게 엉뚱한 화살을 쏘았다. 너보다 어린
아이들도 다 동화책을 읽는데, 너만 책을 못 읽어서 할머니가 창
피하다고 했다. 솔직히 창피하다는 생각도 들었다. 그런데 손녀
는 의외로 당당했다. 큰소리로 내게 대든다.

"할머니, 뭐가 창피해? 안 배워서 모르는데 뭐가 창피해?

나는 한글 안 배웠어."

　손녀의 모습이 얼마나 솔직하고 당당한지 부끄러워 하던 마음이 한 순간에 날아갔다. 오히려 부끄러워 했던 내 마음이 더 부끄럽고 창피했다.

　손녀에게 한글을 가르치지 않았고, 배우지 않았으니 모르는 게 당연하다. 모르는 것을 모른다고 하는 손녀의 당당함이 한글을 아는 것보다 더 자랑스러웠다. 그렇게 당당한 손녀가 일곱 살이 되던 가을쯤, 두어 달만에 한글을 쉽게 깨우쳤다.

마지막 닉네임, 할머니

손녀와 함께 외출을 할라치면 나는 괜히 신이 난다. 손녀가 할머니라고 부르면 사람들이 힐끔힐끔 쳐다본다. "늦둥이인 줄 알았어요" 라고 서슴없이 물어 오는 이들을 만나는 것이 즐겁다.

친정어머니 세대 같으면 충분히 할머니 소리를 들어도 억울할 나이가 아니다. 외손녀였다면 지금도 빠른 나이가 아니라고 뇌까린다. 친할머니가 되기에는 다소 빠른 나이라는 생각이 든다. 그러나 이 또한 고정관념이다. 남자는 결혼을 늦게 해야 한다는 법칙은 어디에도 없다. 다만 결혼적령기라는 선에 도달한 아들이 할머니 자격증을 선물한 덕에 남들보다 조금 일찍 할머니가 되었을 뿐이다. 이유야 어찌 되었든 나는 세상에 하나뿐인 손녀의 친할머니다.

그러나 친할머니인 내 차림새가 나이를 종잡을 수 없게 만든다. 나는 여간 해서 파머머리를 하지 않는다. 생머리를 고수하는, 아니 고수할 수밖에 없는 특별한 이유가 있기 때문이다. 머리카락이 명주실처럼 가늘고 숱이 적어서 그런지 파머가 잘 안 나온다. 그것이 생머리를 고집하는 첫 번째 이유이고 변명이다.

어쩌다 이삼 년에 한 번씩 머리 모양에 변화를 주고 싶어서 파머를 하기도 하지만, 남편이 질색을 하고 아이들은 숫제 기겁을 한다. 자고 일어나든지, 잠깐만 누웠다가 일어나도 푸슬푸슬 헝클어진 머리 모양은 두 눈 뜨고 보기 어렵다.

까치집은 양반이다. 산새나 들쥐집도 얌전한 편이다. 가을에 닭들이 헤집어 놓은 나락마당보다 더 어수선하고 정신 사납게 뒤엉켜 있다. 오죽하면 작은 아이는 엄마의 외출이 미장원행이면 파머를 할 것인지 아닌지를 따져 묻는다.

나는 녀석의 속셈을 알고 있는지라 시치미를 뗀다. 길길이 뛰고 난리를 쳐대는 녀석의 모습은 혼자 보기 아깝다. 엄마가 파머를 하면 아예 집을 나가겠다고 엄포를 놓는 모습을 보고 있자면 웃음이 절로 난다. 엄마의 폭탄머리를 보느니 집을 나가겠다는 녀석의 투정이 귀엽기까지 하다. 그것이 파머를 못하는 두 번째 이유다. 녀석이 가출하는 게 결코 무서워서가 아니다. 내 자신도 어색하고 낯선 파머머리를 곱게 손질할 자신이 없다.

그런 까닭에 늘 생머리를 고집하지만 세월을 비켜서지 못한 얼굴이며, 중구난방 뻗쳐 나오는 흰 머리칼이며, 입성 또한 여간 신경이 쓰여지는 게 아니다. 생머리에 어울리는 세련된 매무새를 연출할 자신이 없어서 청바지를 즐겨 입는다. 하여 겉 차림새로 내 나이보다 훨씬 아래로 보는 경향이 종종 있다. 내용물은 바퀴 빠진 수레 모양 제대로 구르지 못하는데, 겉치레에 연연하니 한심한 노릇이다.

그러나 할머니라는, 마지막 남은 닉네임을 소중하게 여기며 사랑한다. 보통 여느 사람들은 할머니 소리를 듣기 싫어하며, 실제는 할머니임에도 불구하고 할머니로 불리기를 거부하는 사람도 더러 있다.

지나 온 여정을 뒤돌아 보지만 어느 한 자리도 마음에 들지 않는다. 어린시절에는 늘 골골하여 어머니의 애간장을 녹였던 애물단지였다.

한 남자의 아내로도 형편없이 부족했다. 배우자의 결점만 골라내는 심미안을 가진 탓에 아웅다웅 싸움질로 젊은날을 보냈다. 어진 아내 인증서를 아직 발급받지 못했다. 사내아이들만 키운다는 핑계로 다정다감하지 못했다. 메떡같은 성품이 지금까지도 여전해서 엄마는 제일 자신없는 이름이다.

내 이웃에게는 어떤가? 좋은 이웃이었나 때때로 점검해 보지만, 높은 점수를 기대하지 못한다. 지나친 겸손은 미덕이 아니라고 누군가는 말하더라만, 겸손이라는 고급 언어를 함부로 사용할 수 없다는 솔직한 내 고백이다.

때문에 마지막 남은 닉네임, 할머니에 안주하며 최선을 다한다. 요즘 젊은이들은 결혼도 마다하는데, 할머니라는 귀한 닉네임을 선물로 받았으니 얼마나 감사한 일인가!

맛있는 김장김치

지난해 김장김치는 별나게 맛이 있었다. 50대 중반의 만학
도인 나는 일주일에 네 번이나 밤낮을 번갈아 집을 비운다. 주야
간으로 수업을 받는지라 자투리 시간만 있을 뿐, 하루를 온전하
게 사용할 여유가 별반 없다. 일주일이 정신없이 돌아간다.

야간수업을 마치고 집에 오니, 현관 앞에 배추가 잔뜩 쌓여
있었다. 지레김치도 아닌 김장김치를 한나절만에 후다닥 해 치
우기는 힘들다. 하지만 주부의 일정을 알아보지도 않은 채 배추
를 들여왔다고 타박할 처지가 못된다.

우리 집은 푸성귀나 김장배추를 사 먹지 않는다. 농사를 짓
는 큰댁, 아니면 큰시누이댁, 혹은 시댁 마을 지인들로부터 얻는
것이 대부분이다. 그런 까닭에 김장배추를 보관하고 있다가 내
가 시간이 날 때 달라고 부탁할 수도 없는 노릇이다. 애써 가꾼
농작물을 보내 주는 것도 그저 고맙고 감사하다.

남편에게 누구네 집에서 얻어왔느냐고 물었다. 큰누나한테

서 얻어왔다는 김장배추는, 노랗거나 푸른색은 눈을 씻고 찾아 봐도 없다. 속속들이 박속같이 하얗다. 김장배추는 배춧잎이 두 껍고 채가 길어야 좋다. 볼품없이 생긴 배추가 공처럼 뎅글뎅글 하다.

배추값도 싸던 터라 내다 버리고 싶은 생각뿐이었다. 하지 만 남편도 계시지 않은 큰시누이가 애써 지은 배추다. 도시에서 파 한 뿌리도 사 먹는 올케를 생각해 보낸 배추다.

샌님이 종만 업신여긴다고 했는데, 영락없이 내가 그 짝이 났다. 배추 꼴이 하도 사납게 생겨서 양념도 제대로 하지 않았 다. 기본양념만 넣어서 대충 버무린 무늬만 김치였다. 김치 냉장 고에 집어넣고 남은 김치는 주방 한쪽에 밀쳐두었다. 이 삼 일이 지나자 김치 익는 냄새가 풀풀 나는지라 냉장고에 넣어 두었다. 그리고 며칠 지나 익은 김치를 꺼내 썰었다. 반찬 통에 집어넣고 도마 위에 남은 김치 한 조각을 생각없이 씹었다. 그런데 아삭아 삭 씹히는 맛이 여느 배추김치와 달랐다.

노랗거나 파란색이라고는 전혀 없는 허옇고 갓이 두꺼운 배 추, 까짓 거라고 생각하고 성의없이 담근 김치다. 그런데 배추 특유의 고소한 맛이 입안에 가득 퍼졌다. 다른 김치는 한 포기 꺼내 놓으면 두 세끼 이상 밥상 위로 오르락내리락하다 찌개냄 비로 들어가기가 일쑤다.

그러나 큰시누이 집에서 가져온 배추로 담근 김치는 한 끼 에 한 포기가 모자란다. 맛있는 배추김치를 먹을 때마다 큰시누이께 고맙다는 인사를 제대로 해야겠다고 생각했다. 미루다가 형제간 망년회 때서야 큰시누이를 만났다. 깜빡 잊고 이런저런 이야기 끝에 김치 이야기가 나왔다.

평소 올케를 동생처럼 대해주는 시누이에게, 가끔은 내 위치를 망각하고 속말을 숨김없이 다 한다. 어느 땐 스스로 생각해도 민망한 적도 있다.

"형님, 배추가 꿀보다 얼마나 맛이 있는지 몰라요."

형님네 김치가 많으면 얻어다 먹겠다고며 평소답지 않게 아양을 떨었다. 시누이 댁은 식당을 하기 때문에 남아돌 김치가 당연히 없다.

"올케, 있지. 손님들도 우리 김치 맛있다고 난리야. 배추 사간 사람들이 배추 팔 거 또 없느냐고, 올해 우리 배추 정말 인기였다니까."

그러면서 형님이 한 마디 덧붙인다.

"올케, 이건 내 생각인데 말이야. 배추 심기 전에 밭에 인분을 한 차 사다 뿌렸거든. 아무래도 그래서 맛있는 거 같아."

인분 냄새가 난다고 신고가 들어올까 봐 그 밤으로 갈아엎고 배추를 심었다는 것이다. 해마다 배추 농사를 짓는데, 이유는 그것밖에 없다는 것이다. 배추가 생김 하고는 다르게 맛이 있어서 여러 사람들로부터 김장김치를 맛있게 먹었다는 인사를 수없이 받았다는 것이다.

그런 연유가 있었던 것이구나. 요즘 젊은 사람들이 들으면

비위생적이라고 천리만리 도망가며 먹은 김치를 토악질할지도
모른다.

자기 똥을 3년만 안 먹으면 죽는다는 어른들 말씀이 생각난
다. 지금처럼 화학비료가 없었던 시절에는 봄에 갈잎을 꺾어다
논을 갈아엎고 모를 심었다. 그 시절 인분은 귀한 거름이었다.
멀리 출타중이면 모를까, 가까운 곳에 외출을 했다가도 대소변
이 마려우면 급히 집으로 와서 내 집 변소간에 볼일을 볼 만큼
귀한 거름이다.

소변을 받아 며칠 썩힌 후 호박 넝쿨에 주면 이 삼 일도 안
되어서 시퍼렇게 줄기가 뻗어가던 모습이 참말 신기할 정도였
다. 그런 시절을 살아서인지 큰시누이 말에 쉽게 고개가 끄덕여
진다.

명절이면 바쁘실 아버지

당신 줏대가 언제까지 꼿꼿하실 줄 착각하며 돌아가시는 순간까지 제왕처럼 군림하고 싶었던 아버지다. 그토록 기세등등하던 아버지가 당뇨병을 지병으로 앓다가 돌아가셨다. 당뇨병 후유증으로 중풍이 찾아왔다. 치유되었다가 재발되기를 반복하더니 육신이 부자유스러운 것은 둘째 치고 언어장애까지 왔다.

그럼에도 불구하고 호기가 남았다고 생각했는지 어금니를 사려 물고 끝끝내 어머니를 힘들게 했다. 종당에는 자리보전을 하며 구차한 말년을 보냈다.

결벽증에 가깝도록 부지런하고 깔끔한 어머니는 아버지에게 지극정성 병수발을 다했다. 그러나 젊은 날, 당신의 성깔을 있는대로 부리며 어머니를 힘들게 했던 모진 세월을 상기하며 은근히 아버지를 미워하기도 했다.

그런 어머니가 아버지를 그리워하는 걸까? 모진 속내 뒤로 감추고 진정 사랑하고 계셨던 걸까? 지금 어머니의 행동은 그 속을 알 수가 없다. 내외지간의 정은 정말 아무도 모른다. 어머니가 새삼스레 아버지를 그리워하는지 그마저 알 수 없다.

근년 들어 명절이 돌아오면 나는 은근히 걱정이 된다. 명절 때마다 똑같은 말을 앵무새처럼 반복해야 하는 내 처지가 짜증나게 싫다.

"엄마, 자식 버리는 부모 있어도, 자식 이기는 부모 없어요. 큰아들 따라가세요."

"싫다. 나는 아직 교회에 다닐 생각이 없어."

"엄마, 삼종지도라는 말도 있지 않아요? 큰아들 이길 자신도 없으면서, 엄마만 따라가면 집안이 조용하고 편할 텐데……"

"얘가, 싫다는데도 자꾸 그러는구나. 네가 늙은 어미 가르치려 드는 게냐?"

"엄마가 중심을 잡아야 집안이 편안하니까 그렇지요."

"나, 아직 네 아버지 제사 때려 엎을 생각은 꿈에도 없어. 그 양반 굶길 생각 없대도 그러는구나."

일부러 친정집에 들려서, 혹은 장시간 전화기를 붙들고 사정을 해도 소용이 없다. 제발 이번 명절에는 못 이기는 척 큰아들 집으로 가서 아들이 하는 대로, 기독교식대로 따르라고 우는 아이 달래듯 어르고 구슬려도 막무가내다.

남동생 내외를 설득하는 것보다 친정어머니를 설득하는 편히 훨씬 쉽겠다는 생각을 했다. 그러나 착각이었다. 아무리 말해도 '너는 그래라, 나는 못 들었다' 식이다. 어머니가 아버지를 생각하는 심지가 그토록 뼛속 깊게 박혔을 줄 미처 몰랐다.

몇 해 전부터 남동생 내외는 교회를 다닌다. 맏아들이라고 종교의 자유마저 박탈할 하등의 이유는 없다. 남동생은 교리를 충실히 따르겠다는 심사인지, 하루아침에 아버지 제사를 때려엎었다. 결혼한 딸들이야 아무래도 상관없다. 어머니와 동생들을 전교시키지 못한 상태다. 제사를 서둘러 접지 않아도 될 성싶은데 동생 내외는 하루아침에 아버지 제사를 지내지 않는다.

아버지 제사 때마다 딸, 사위들 7남매 모두 참석하는 걸 동네방네 자랑하며, 부모복, 서방복은 없어도 자식복은 타고났다며 어깨에 잔뜩 힘이 들어갔던 어머니다. 세상에서 당신 큰아들이 제일인냥 대견스러워 했다. 큰아들 자랑으로 입에 침 마를새 없는 어머니의 말년이 더없이 행복해 보였다.

몸이 성치 못한 외할머니 밑에서 불우한 어린 시절을 보낸 어머니였다, 가난한 아버지를 만나 굴곡이 심한 세상을 살아온 어머니다. 어머니에게 큰아들은 유일하게 내세울 수 있는 자존심이었다. 그런 큰아들이 아버지 제사를 하루아침에 엎어버리는 것이 못내 서운해서 어찌할 줄 몰랐다. 말년에 당신을 지탱해 주던 자존심을 한 순간에 무너뜨린 아들이 믿는 하나님을 저주했다.

불이 붙듯 신앙이 타오르는 동생과, 아버지 제사를 절대적으로 추앙하는 어머니를 이번 명절에도 하나로 화합시키지 못했다. 진정한 종교의 가르침은 무엇일까? 어느 종교든 그 가르침

 한 평범한 주부의 평범한 이야기

은 사랑과 자비와 선이다. 종교의 본질을 왜곡하는 인간의 갈등을 미약한 내가 나서서 풀어내려니 힘이 부친다.

아버지는 외출을 하였다가도 큰아들과 손자들이 왔다고 하면 곧바로 귀가하시던 분이다. 손에는 손자들 주전부리가 어김없이 들려져 있었다. 아버지만의 사랑방식이었을 거다.

자리에 눕기 전에는 큰아들 집에 가려는 계획이 세워지면 아이처럼 좋아하던 아버지다. 시집간 딸들이 넷이나 되지만 딸네들 집에서는 단 하룻밤도 주무신 적이 없었다. 오직 큰아들 집에서 며칠씩 묵으며 마냥 행복해 하던 아버지다. 그 또한 큰아들에 대한 사랑이었음을 아버지를 대신해 고백하고 싶다. 그것이 큰아들에게 기대고 싶은 나약함일지라도 큰아들에 대한 절대적 사랑이라고 우기고 싶다.

큰아들에게 속죄하고 싶을 만큼 자식에게 베푼 것이 하나도 없다고 생각하는 부모님들, 당신이 보기에 그야말로 우뚝 선 큰아들이 당신의 전부라고 생각했을지도 모른다. 아버지가 불쌍하다는 생각이 들어 간다. 참았던 눈물이 쏟아진다.

큰아들의 추도예배도, 살아생전 속만 썩혀 드렸던 어머니의 제사상도 저버릴 수 없을 아버지께 우주공간을 마음대로 날아다니는 제트기 한 대 선물할 수 있다면 내 마음이 편안해 질까? 이제는 아버지도 어머니도 동생도 모두를 사랑할 때다. 아버지가 보고 싶어진다.

물과 오이는 남편의 고향이다

결혼 첫해다. 시댁 식구들과 친분을 쌓아야 된다는 억지스런 변명이 못마땅했지만 어쩔 도리가 없었다. 열 두 식구 대가족에 나를 합류시킨 신랑이 딱 1년만이라고 못을 박았다. 평생 드나들며 모시고 살아야 할 시댁이다. 이미 던져진 주사위다. 어느 면이 나와도 인정할 수밖에 없는 놀이의 법칙을 순순히 따랐다. 이왕에 하는 시집살이 딱 1년이라는데 제대로 해보자고 마음먹었다.

나는 농사일에 잔뼈가 굵지 못했다. 어쩌다 간간이 들일을 조금 해 보았을 뿐이다. 직장을 다닌다는 핑계로 부엌 근처는 얼씬거리지도 않았다.

결혼을 할 당시 친정은 연탄을 연료로 사용했고, 급할 때는 석유 곤로가 가동되기도 했다. 석유를 아낀다고 어머니는 연탄불에 밥도 짓고 국도 끓이며, 사위어 가는 불꽃도 소홀히 하는 법이 없었다. 그렇게 알뜰한 어머니가 궁상스럽게 여겨졌다.

그런 내가 결혼하고 사흘째 되는 날, 아무런 준비도 안된 상태에서 농촌 재래식 부엌으로 내몰렸다. 달콤하리라 믿었던 신혼의 꿈은 애초에 물 건너갔다. 난감하기 이루 말할 수 없었다. 뒤란 펌프물을 퍼 올려 열 두 식구 밥을 짓는 일도 내겐 벅찼다. 물을 한 바가지 붓고 물이 내려가기 전에 부지런히 펌프질을 해야 물을 퍼 올릴 수 있다.

시어머니나 맏동서가 퍼올리는 펌프 물을, 나는 두 바가지 세 바가지 물을 퍼 붓고도 끌어 올리지 못했다. 보기 딱했던지 시어머니께서 손수 시범을 보이며 이렇게 빨리 펌프질을 해야 한다고 일러주곤 했다. 물을 붓자마자 재빠르게 펌프질을 해야 물이 올라오는 습성을 익히기까지 꽤 시간이 걸렸다.

시댁 동네는 물이 귀했다. 시골 하면 크고 작은 냇가를 떠올리고, 송사리 피라미를 생각하던 내 정서를 완전히 무시해 버린 척박한 동네다. 장마철이 아니고는 작은 도랑물 하나 흐르지 않는 동네다. 펌프 물을 끌어올려서 빨래도 해야 했다.

시댁 앞마당 끝에 다랑이 논들이 층층이 이어져 있다. 물론 시댁 논은 아니다. 천수답이나 다름없는 논에 모내기를 하려고 논 임자는 밤낮으로 양수기로 물을 퍼 올린다.

양수기를 밤낮으로 가동하니, 우리 집 펌프 물이 안 나오는 것은 당연하다. 시어머니는 먹을 물이라도 고이라고 양수기 코드를 몰래 빼놓았다가 논 임자와 맞닥뜨려 말다툼을 하기도 했다. 논 임자와 다투던 시어머니는 새 며느리인 나를 생각했을 것이다. 모든 것이 낯설고 서툰 새 며느리가 고생하는 걸 조금이라도 덜어주고 싶으셨던 속 깊은 사랑이었다.

열 두 식구 식사 준비와 빨래만으로도 나는 몹시 힘들어 했다. 어지간한 들일은 식구들끼리 했다. 집으로 점심을 먹으러 오기는 들이 너무 멀었다. 그렇다고 점심밥을 챙겨가기도 마땅치 않다. 뙤약볕에 밥 광주리를 놓아두면 한 나절도 못되어 음식이 상하기 때문이다.

점심밥을 지어 들로 밥 광주리를 내다 주어야 했다. 다랑이 논배미에 물을 가두느라 밤낮으로 양수기를 돌려대니 밥물 부을 물조차 나오지 않았다. 도랑 건너 시댁 앞집은 전기로 물을 끌어올려 사용했다. 우리 시댁보다 한 발 앞서 문명의 혜택을 누리고 있었다.

급한 김에 새댁의 체면도 잊고 양동이를 들고 뛰어 들어갔다. 앞마당의 수도꼭지를 틀려는 순간, 앞집 할머니는 전기세 나온다며 새색시가 무참하도록 나를 밖으로 내몰았다. 뒤꼭지가 얼마나 부끄럽던지 눈물이 확 쏟아졌다.

몇 집 건너에 있는 우물로 내달렸다. 그 우물물은 동네에서 허드레 용으로만 쓰는 것으로 쌀뜨물처럼 뿌옇다. 사람들 말로는 암물이라고 했다. 설마 죽기야 하겠나 싶은 마음에 그 물을 길어다가 밥을 지었다.

얼마나 서럽던지, 시집이 이런 줄 진작 알았다면 내 어찌 시집을 왔겠는가 싶어서 신랑까지 미워졌다. 그러나 뙤약볕에 일하는 사람들을 생각해서 부지런히 밥을 지어 들로 가져갔다. 어두운 내 안색을 보고 시어머니는 어디 아프냐고 물었다. 사실 이러고 저러고 했다는 말을 하면서 왈칵 눈물을 쏟아냈다.

시어머니는 "그 양반 성질이 원래 그런 분이다. 동네에서도 알아주는 성격이니 네가 참으라"며 다독였다. 집에 가서 혼자 맛없는 밥 먹지 말고 같이 먹자며 손에 숟가락을 쥐어 주던 정많은 시어머니 때문에 힘든 시절을 견뎠다고 고백한다.

집에 와서 다시 새참을 해 내가려면 바쁘다. 급하게 집에 돌아오니 마루에 앞집 할머니가 앉아 계셨다.

"미경이 작은엄마, 우리 집에서 물 길어다 밥해. 며느리한테 전기세 나온다고 물 길어가지 말라는 얘기 했다가 나 며느리에게 혼났어."

한마디 하고는 꽁무니가 빠져라 급히 나가신다. 성질이 못되기는 나도 그 할머니와 별반 다를 바가 없다. 그냥 못이기는 척 하고 물 한 양동이 받아오면 될 것을 괜히 오기를 부렸다. 한참을 올라가야 되는 공동우물까지 맨발로 달려가서 맑은 물을 길어다가 새참을 지어 들로 내갔다. 저녁나절에 앞집 아주머니가 새로 딴 것이라며 오이를 몇 개 들고 왔다.

"우리 시어머님이 그렇게 별나게 굴어도 먹은 마음 없이 그런 거니까 새댁이 이해하고 이거나 먹어 봐. 요즘 입덧 하느라 힘들 터인데, 농촌에서 먹을 게 변변히 있어야지."

또 눈물이 났다. 오이 몇 개에 감동되어 우는 나를 보고 남편

은 눈에 우물을 팠느냐고 놀렸다. 상큼하게 씹히던 오이에서 향
긋한 사람의 냄새가 났다. 물과 오이는 남편의 고향이다.

미운 정 고운 정

“애, 너 그리 시집가면 그저 돈 모으고 재미있게 살 일만 남았다.”

나를 중매한 중신어미는 다른 사람 아닌 친정아버지의 고종 사촌 여동생이었다. 신랑은 아줌마의 아들의 친구다. 수시로 아줌마 집을 내 집처럼 드나들었으니 속속들이 다 알 거라고 생각했다. 하지만 예로부터 중매는 세 가지 이상을 속이지 않으면 성사시키기가 어렵다는 말이 있다.

그러나 아무리 속담이 그렇다손 치더라도 외사촌 오빠의 딸을 아들 친구에게 중매 서는데 설마 거짓말이야 하겠나 싶었다. 중신어미의 말을 100프로 사실대로 믿었다. 믿는 도끼에 발등 찍힌다는 말이 사실로 다가왔다.

아줌마는 입에 침이 마르도록 아들 친구를 칭찬했다. 우선 싹수가 있다는 거였다. 어른 아이 알아보고, 나이답지 않게 점잖고 진중하다. 네 몸이 허약해서 맏며느리 자리는 힘들 것이고,

둘째 아들이니 부모님 모셔야 할 부담이 없는 좋은 혼처라고 입에 침이 마른다. 어디로 보나 나한테 딱 맞는 혼처라고 신랑을 한껏 추켜 세운다.

게다가 둘째 아들 주려고 서울에다 집도 장만해 두었단다. 집 장만하느라 허리띠 졸라맬 일도 없을 거란다. 시댁이 농사를 지으니 식량이며 양념 등을 챙겨다 주는 것은 말할 것도 없단다. 결혼하는 즉시 신랑의 기술을 살릴 수 있는 가게도 차려 준다더라.

그만한 조건이면 나한테는 과분한 혼처였다. 눈매가 성깔이 있어 보였지만, 살결이 남자 피부답지 않게 희어서 그런지 그다지 낯설지 않아 보였다.

중매결혼이니 정들 때까지 기다릴 거 뭐 있느냐는 어른들 성화에 속전속결로 결혼날짜가 잡혔다. 그런데 어찌된 일인지 서울에 사 놓았다는 집에 신혼살림을 차린다는 말은 꿈에도 없다. 시어머니는 식구들과 정도 붙일 겸 1년을 데리고 살다가 살림을 내 보낸다고 했다.

은근히 속은 거 같아 불쾌했다. 신랑에게 서울에 집을 사 놓았다니 신혼살림을 그곳에 차리면 안되느냐고 조심스럽게 물었다.

신랑은 몹시 당황해 하며, 서울에 집 사놓은 거 없다, 뭔가 잘 못 아는 거 같다, 내가 언제 서울에 집을 사놓았다고 한 적 있느냐며 외려 따지고 들었다.

지금 같으면 연애결혼도 아니고 중매결혼인데, 중매쟁이 말은 다 헛소리냐, 이건 완전히 사기결혼이다, 큰 소리를 내고 무슨 결딴을 내도 냈을 것이다.

중매쟁이 아줌마에게 물었다. 신랑 말이 집 사놓은 거 없다더라. 아줌마는 여전히, 아니다, 분명히 00동에 샀다고 하는 걸 내가 들었다. 큰 아들은 농사를 짓고 부모님과 함께 사는데, 서울에 집을 사 놓는 건 둘째 아들 몫이지 누구 거냐? 여전히 당당하게 내가 잘못 알고 있다는 투로 말한다.

사람 하나 병신 만드는 것은 일도 아니라더니, 새댁인 내 꼴만 우습게 됐다. 시어머니 말대로 식구들과 정들게 하려고 그러는가 생각하고 더 이상 입에 올리지 않았다.

나중에 확인된 바로는 땅을 한 자리 팔아 서울에 집을 계약만 했다는 거였다. 땅 산 사람이 중도금을 치르지 않고 해약을 했다는 것이다. 땅 판 계약금으로 집을 계약했는데, 땅 파는 일이 해약되는 바람에 서로간 계약금만 날렸다는 거였다.

자세한 내막은 알지 못한 채 집 샀다는 소문만 접한 중매쟁이 아줌마가 헛다리를 짚었다. 확인도 안하고 조카딸을 건너게 한 셈이다. 다행인지 팔자소관인지 헛다리를 건너면서 내가 빠지지 않았다는 사실이다. 중매라도 암니옴니 따져보고 나서 조건이 맞지 않음을 이유로 혼인 이야기는 없었던 일로 하지 못한 걸 누굴 탓 하겠나 싶었다.

내가 꿈꾸었던 신혼생활은 정말 이게 아니었다. 중매쟁이 말만 믿고 시집 온 걸 후회했다. 밥 짓는 것도 불을 때서 가마솥에다 지었다. 설거지, 집안청소, 빨래 등 일상이 힘에 겨웠다. 나는 결혼 전 명주실로 수놓는 직업을 가졌던 터라 손이 명주고름 같다느니, 분같다느니, 얼굴이 곱다는 소리보다 손이 곱다는 말을 더 많이 들었었다. 그렇게 곱던 손이 결혼 후 한 달도 안되어서 갈라지고 터져서 볼 수가 없었다. 불을 때느라 나뭇가지를 꺾다 보면 탁탁 튕겨져 손을 훑치기가 일쑤다.

시어머니나 맏동서가 맨손으로 일을 하는데, 불을 땔 때마다 면장갑을 끼고 유난을 떨며 몸을 사릴 수 없었다. 고무장갑을 혼수로 넣어준 친정어머니 생각을 하면 장갑을 끼고 빨래를 해야겠지만, 그마저 눈치가 보여 맨손으로 빨래를 했다. 누가 시켜서 시집살이를 하는 게 아니다. 도저히 나만 혼자서 장갑을 끼고 일할 용기가 없었다.

그 때문에 분가를 하면 아이를 갖고 싶었는데, 신혼 초에 입덧을 했다. 다행히 입덧이 심한 편이 아니었다. 입덧이 심하지 않다는 것은 헛구역질하고 토악질을 하지 않았을 뿐이다. 먹고 싶은 것조차 없는 건 아니었다. 시어머니를 비롯하여 동네 어른들은 입덧도 하지 않고 아이를 순하게 선다며 칭찬을 한다.

참, 별것을 다 가지고 칭찬을 하는 말많은 시골이다. 그 무렵 결혼한 새댁들이 동네에 다섯이나 있었다. 누구는 입덧이 심해 바쁜 농사철에 친정에 가서 쉰다더라, 누구는 자리보전 하고 누워있다더라 등등 말도 많고 탈도 많은 시골 사람들 입심은 대단했다.

맏동서는 시골은 말이 많다며, 다 아는 병으로 누워 있으면 동네사람에게 흉잡힌다며 은근히 압력을 가했다. 입덧을 핑계 삼아 바쁜 철에 꾀병을 부릴 생각은 하지도 말라는 암시로 들렸다.

은근히 시집살이를 하는 처지에 느닷없이 복숭아가 먹고 싶었다. 복사꽃이 피기도 전이다. 있는 것을 감추고 주지 않는 것처럼 야속한 마음이다. 신랑에게 복숭아를 사오라고 숫제 떼를 썼다. 견디다 못한 신랑이 꿩 대신 닭이라고 복숭아 통조림을 아무도 모르게 사왔다.

복숭아 그림이 그려진 통조림을 보니 입 안에 침이 하나 가득 고였다. 문제는 깡통을 딸 수 있는 도구가 없었다. 궁리 끝에 부엌칼을 이용해서 깡통을 따기로 했다. 식구들이 다 잠들기를 기다려 부엌칼을 가져다 칼끝으로 간신히 틈을 벌려 놓았다. 틈새로 숟가락으로 꺼내 먹었으면 좋았을 터인데, 칼끝을 비틀다가 칼끝이 똑 부러졌다.

부러진 칼을 그대로 부엌에 갖다 놓아도, 몰래 감춰 두어도 내일 아침이면 금시 발각난다. 그러나 그건 나중 일이다. 몰래 먹는 복숭아 통조림 맛은 환상적이었다. 게눈 감추듯이 먹었다. 신랑에게 먹어 보라고 권했는지 생각도 나지 않는다. 아마 권하기는커녕 빼앗아 먹을까 돌아 앉아 먹지 않았으면 다행이지 싶었다.

칼이 부러진 내막을 시어머니와 맏동서에게 사실대로 말해야 하나 걱정이다. 그때서야 몰래 먹었다는 자책이 들었다. 에라 모르겠다는 심사로 부러진 칼을 그대로 부엌에 갖다 놓는 철부지였다.

아침밥을 먹는데 아무래도 맏동서가 눈치를 챈 거 같다. 누가 그랬는지 다 알고 있다. 범인을 차마 내 입으로 밝힐 수 없으니 자수하여 광명 찾으라는 이야기로 들렸다. 어제 저녁까지 멀쩡했던 부엌칼이 밤새 부러졌다고 식구들 앞에서 끄집어 낸다. 신랑과 나는 모른 척 시치미를 떼고 밥숟가락만 퍼 올렸다. 더 이상 일을 확대하지 않은 게 고마울 뿐이다.

한번은 이런 일도 있었다. 입덧을 하지 않고 순하게 아이를 선다는 칭찬이 무색하게도 별안간 포도가 먹고 싶었다. 외출하는 신랑에게 포도를 사다 달라고 말했다. 빈손으로 돌아온 남편이 그렇게 야속할 수가 없었다.

서운한 마음을 접고 잠자리에 들었다. 그런데 신랑이 잠을 자지 말라며 바깥마당 헛간에 포도를 사다가 숨겨 놓았다고 했다. 포도송이가 아른거렸지만 식구들 모두 잠들 때까지 기다려야 했다. 오랜 기다림 끝에 변소 가는 척 하고 나간 신랑이 포도 봉지를 재빠르게 가져왔다. 씻고 말고 할 것도 없었다.

알맹이만 쏙쏙 빼 먹고 껍질은 장롱 안에다 숨겼다. 말도 많고 탈도 많은 시골동네이니 처신을 잘 해야 한다. 포도를 많이 사다가 식구들과 함께 먹을 수 있는 조건이라면 좋겠다. 그러나

어쩌면 그마저도 흉이 될 수 있다. 층층시하 시집살이 하면서 입
덧을 핑계로 포도를 박스째 사다 나르는 헤픈 여자를 아내로 맞
았다고 입방아를 찧을지도 모른다.

　식구들이 들일 나간 사이에 포도껍질을 처치하려고 했다.
그런데 며칠째 혼자 있는 시간이 좀처럼 주어지지 않았다. 삼 사
일이 지나서 집에 혼자 있게 되었다. 포도껍질을 처치하려고 장
롱문을 열자마자 날파리가 방안 가득 쏟아져 날았다. 방문을 열
고 수건을 휘둘러 쫓아냈다. 그리고 재빠르게 집 뒷산에다 땅을
파고는 포도껍질을 묻었다.

　미운 정에 가려진 알토란 같은 고운 정이다. 그것이 내가 살
아가는 힘의 원천이었을 게다.

반갑지 않은 선물

십만 원짜리 구두 티켓을 선물로 받을 적이 있다. 누나 생일 선물이라며 남동생이 건네 준 적도 있었고, 자영업을 하는 남편이 거래처에서 두어 번 받아온 적도 있었다. 주는 사람의 성의를 무시할 수 없어서 어쩔 수 없이 받은 선물이다.

하지만, 내 입장에서 보면 결코 반갑지 않은 선물이다. 차라리 농협 상품권이라면 궁핍한 처지에 쌀이나 부식을 사먹을 수 있을 텐데 하는 비굴한 생각마저 들게 했다.

상품권 십만 원짜리 한 장으로는 구두 한 켤레를 살 수가 없다. 내 돈을 십만 원 이상 보태야 구두를 한 켤레 살 수 있다. 구두 한 켤레 값이 20여 만원이나 하니 구두 모양과 품질이 안 좋을 리 만무하다.

그렇게 멋지고 품위가 있어 보이는 구두를 마다할 사람은 아무도 없을 것이다. 말 타면 종 부리고 싶은 것이 사람의 마음이다. 멋진 구두를 장만하면 밑에서 위로 올라 가면서 차례대로 옷도 구비해야 한다. 내 몸매가 둘지니 종아리를 드러내놓고 뽐낼 각선미는 아니다.

짧은 치마는 거절한 지 오래다. 구두와 어울리는, 날이 곧게 선 정장바지를 준비해야 한다. 칼날처럼 날이 선 정장바지에 티셔츠나 점퍼를 걸치는 것도 구두의 품위를 손상시키는 행위다. 정장 바지만 덜렁 산다면 멋진 구두는 무용지물이나 마찬가지다. 구두와 구색을 맞추려면 큰맘 먹고 한 벌을 사야 한다. 반듯하게 정장을 구입해서 구두와 콤비를 맞추려면 핸드백도 상응하는 멋진 것으로 들어야 폼이 난다.

거기다가 잠자리 안경을 걸치면 금상첨화라 하겠다. 그러나 나는 배보다 배꼽이 더 큰 모양새를 연출할 자신이 없다. 내 주머니 사정이 바짝 가물어서 겨우 목을 축이고 사는 처지다. 십만 원짜리 구두 티켓은 내게 여간 골치덩어리가 아니다.

그렇다고 주는 사람의 성의를 무시하고 이런저런 구구한 사정을 펼쳐놓으며 거절하기도 쉽지 않다. 아마 모르긴 몰라도 동생도 누나의 생일인데 그냥 지나치기가 편치 않아서 저 역시 어디서 받았음직한 구두 티켓으로 생색을 내지 않았나 싶기도 하다.

가난한 남편의 거래처 사람들 역시 그와 비슷한 사정일 거라는 생각이 든다. 구두를 살까 말까 수없이 주판알을 굴리게 만든다. 지금 시대가 어느 때라고 주판알을 돌리느냐고 남들은 웃겠지만, 계산기 사용법도 컴퓨터 사용법도 서툴기 짝이 없으니 내 멋대로 주판알을 굴린다.

이리저리 아무리 굴려 봐도 십만 원짜리 상품권은 내게 필요치 않는 물건이다. 주제파악을 하지 못해서 낭패를 본 적이 수없이 많기 때문이다. 빈 지갑을 들고, 남이 장에 간다고 덜렁 따라가서 외상질을 하는 따위는 내 사전에 없다고 큰 소리 치고 살았는데, 가끔 엉뚱한 짓을 할 때가 많았다.

젊은 날 아이들 키울 때 할부 책장사가 와서 내 아이에게 천재성이 있다며 하늘 높은 줄 모르게 추켜 세운다. 그것이 책을 팔기 위한 수단이라는 걸 알면서도 내 아이가 천재 기질이 있어 보인다는 말에 맥없이 넘어 간다. 남편의 수입 대비 지출하는 지혜로운 아내 자리를 깜빡 잊는다.

기십 만원 하는 세계위인전집이나 문학전집을 할부로 덜컥 사버리는 실수를 번번이 저질렀다.

그 일이 꼬투리가 되어 사네 마네 끝장을 볼 것처럼 싸움질을 하기도 했다. 다시는 외상질을 하지 않겠다고 다짐을 하고 각서를 쓰기도 했다. 그래 놓고도 할부 책 구입을 몇 번이나 더 하여 이웃집에 맡겨 놓곤 했다. 빨리 아이들에게 읽힐 욕심에 3개월 할부로 책을 구입하고 부업을 하느라 마음이 바빴다.

남편이 그만 자자고 끌어안아도 뿌리쳤다. 구슬을 낀다든지, 뜨개질 따위의 부업에 매달렸다. 아내의 꿍꿍이 속을 모르는 남편의 자존심을 건드리는 행위도 마다하지 않았다. 돈만 많이 벌어다 줘, 이까짓 부업은 하라고 해도 안한다고 악착같이 대들다가 구슬바구니가 날아가던 때도 있었다.

　남편의 숨찬 사랑도 거절해 가며 부업을 했으니 화가 날만하다고 생각한 것은 근자에 들어서다. 호박이 한 번 굴러야 승산이 나는데, 좁쌀을 백 번 천 번 굴리고 있었다. 내가 허튼 짓을 하는 것도 아니고, 아이들 잘 키우며 살림 알뜰하게 하고 부업까지 하는데, 그걸 몰라준다고 대들고 싸운 세월이 저만치 달아난다.

둘

나이 들어 갈수록 모난 성격이 마모되기도 하고,
어떤 부분은 포기하고 사는 게 훨씬 편하다.
펄펄 끓던 피도 차츰 식어가서 싸울 일도 점차 줄어든다.

베개머리 송사

나는 단 한 명의 독자를 확보하고 글을 쓴다. 요즘 내 글 속에 남편이 자주 주인공이 되기도 하고, 더러는 조연으로 등장한다. 젊은 날 패기왕성하던 시절은 자기주장이 각별해서 다툼이 잦았다. 철 들자 망령 든다 했던가, 근자에 들어 철이 든 것 같아 고맙기도 하다. 고마운 마음에 남편의 모양새를 본새있게 그려 넣는다.

모처럼 오랜만에 나란히 누었다. 주말이기도 했지만, 어린이날이라서 손녀가 제 엄마 아빠하고 긴 외출을 했다. 남편의 은근한 손길을 기다리기나 한 것처럼 어울리지 않는 서툰 애교를 부린다. 우리 부부는 각방을 쓴지 오래다. 딱히 애정이 식어서라기보다 잠버릇이 서로 많이 다르기 때문이다.

신혼을 즐길 사이도 없었다. 신혼 열 달만에 첫아이가 태어났고, 연년생이다 싶게 둘째 아이가 태어났다. 허구한 날 빽빽거리는 아이들, 짓궂고 극성맞은 남자아이 둘을 키우느라 정신이

하나도 없었다

　젊어서는 죽으나 사나 한 이불 속에서 잠을 잤다. 그런데 남편과 나는 잠자는 습관이 극과 극이다. 나는 초저녁잠이 많은데 남편은 새벽잠이 많다. 아이들이 어렸던 젊은 날에는 아이들과 진종일 씨름하다 보면 남편이 귀가하기도 전에 깊이 잠들어 버린 적도 많았다.

　도둑질도 손발이 맞아야 한다는데, 잠자는 시간이 이렇게 서로 다르니 사랑놀이도 뜸했다. 그러다가 늘그막에 공부를 한답시고 남편과 함께 잠자리에 드는 것이 더 어렵게 되었다.

　그러나 각방을 쓰는 사유는 따로 있다. 나는 젊어서 척추수술을 했다. 나이 들어 가면서 점점 몸이 부자유스럽다. 같은 자세로 오 분, 십 분을 견디지 못한다. 수시로 자세를 바꿔야 한다. 잠을 잘 때도 수없이 뒤척이다가 겨우 잠이 든다. 얌전하게 자려고 아무리 애를 써도 소용이 없다. 이불깃을 자주 너풀거리니 등에 찬바람이 들어온다. 남편도 많이 불편해 하는 눈치다.

　어느 날, 남편에게 정식으로 제의를 했다. 아니 통보를 했다. 잠 잘 때만 각방을 쓰는 별거를 하자고 말했다. 남편은 떨떠름한 얼굴로, 아니 벌써 각방을, 하는 눈치였다. 남편의 심중을 헤아린 내가 먼저 각주처럼 단서를 달았다.

　서로 못견디게 그리운 날이면 부끄럼 내지 자존심 그런 것 따지지 말고 방문턱을 넘어간다는 약속을 일방적으로 했다. 남편은 내가 멋대로 정하는 규칙을 마지못해 수락하는 것처럼 보였다. 각방을 쓴 처음 며칠은 오히려 잠이 오지 않았다. 베개를 들고 왔다 갔다 하기를 반복했다. 그러다가 혼자서 드는 잠자리에 차츰 익숙해져 갔다.

남편 역시 홀가분해 하는 눈치다. 담배를 피운다고 마누라에게 구박을 당하지 않아도 되고, TV 채널도 독차지할 수 있으니 은근히 좋아한다. 각종 운동경기 중계방송이며, 좋아하는 바둑 프로나 외화 등을 즐겨보면서 각방 쓰는 것을 오히려 즐기는 수준에 이르렀다. 어쩌다 재미있는 TV프로를 함께 보다가 내가 스르르 잠이라도 들라치면 "건너가서 자" 아주 자연스럽게 나를 쫓아낸다. 더러 서운한 마음이 들어가기도 하련만 나 역시 당연한 듯 내 방으로 건너와 달아난 잠을 다시 불러들인다.

피가 더웠던 젊은 날을 뒤돌아본다. 그야말로 못견디게 그리운 날도 없지 않아 더러 있었다. 나중에 책자를 통해, 남녀의 성을 다루는 방송매체를 통해서 알게 된 바, 그때가 배란기 전후한 어떤 날이었음을 알고 혼자 얼굴을 붉혔다. 활짝 핀 꽃처럼 화사한 좋은 날들이 얼결에 지나갔다. 좋은 날들을 생각없이 보내놓고 이제 와서 그리워하면 뭐 하나 싶다.

곁에 나란히 누운 나를 보고 남편이 진지하게 말을 꺼낸다.

"당신, 요즘 나를 너무 명품으로 둔갑시키는 것 아니야? 잘난 거 하나 없는 나를 지나치게 포장하니 쑥스럽잖아?"

젊은 날, 객기 부리며 아내 속을 썩였던 세월을 후회하는 듯 반성하는 눈치다.

나는 내가 쓴 글을 맨 먼저 남편에게 보여준다. 아니, 보여 준다기보다 그냥 출력을 해서 침대 머리맡에 갖다 놓는다. 나는 신혼 때부터 가끔 편지를 써서 남편의 윗옷 안주머니에 몰래 넣어 주었다. 비교적 좋을 때보다 싸우고 나서 화해를 요구하는 성격이 아닌, 남편을 파렴치범으로 몰고 가는 푸념을 적나라하게 적은 글이 대부분이다. 그때 내가 잘못한 것은 하나도 생각나지 않았다. 오직 남편의 잘못만 크게 부각되어 사사건건 억울해 하며 썼던 내용이 대부분이었다.

그런 기억을 갖고 있는 남편이, 요즘 내 글 속에 당신이 꽤 괜찮게 묘사되니 여간 쑥스러운 모양이다. 젊어서 자식 키우고 살면서 안 싸우고 사는 부부들이 과연 얼마나 될까? 싸움의 질이 사람마다 다를 뿐이다. 자란 환경이 다르고, 유전인자가 달라 서로 자기편이 되기를 요구하며 싸움을 한다. 그러나 나이 들어가며 생각하니 부부싸움도 젊어서 한때인 것 같다.

나이 들어 갈수록 모난 성격이 마모되기도 하고, 어떤 부분은 포기하고 사는 게 훨씬 편하다. 펄펄 끓던 피도 차츰 식어가서 싸울 일도 점차 줄어든다. 젊어서 숱하게 미워하였던, 절대로 용서할 수 없다고 날을 세우던 감정도 가슴 저 안쪽에 가라앉혔다. 거칠었던 삶의 일부분도 노안으로 희미해졌다. 밴댕이 속처럼 촘촘하게 달라 붙었던 마음도 이리 잡아당기고 저리 잡아당겨서 예전보다 훨씬 헐렁헐렁해졌다.

잡초 무성했던 묵정밭을 오랜 세월 길들여 옥토로 만든 기분이다. 그런데 뭐 하려고 좋지 않은 기억을 살려내어 흙탕물을 일으킬까 싶다. 남편의 흉허물 들춰내면 내 마음도 어지러울 터, 그런 어리석음을 자초하는 나이는 이미 지났다. 낡어부스럼을 내봐야 좋을 거 없다는 것을 깨닫는 고마운 나이다.

소녀적 꿈꾸며 보듬어 온 문학을 늦게나마 키울 수 있게 배려해 주는 남편인데 난도질을 하면 쓰겠는가. 긴 세월 갈고 닦아서 명품으로 거듭난 남편이다. 고맙고 감사하다는 고백을 어설프게 했다.

"내 모습 있는 그대로 홀딱 벗겨내도 상관 안해."

"정말, 홀딱 벗겨도 상관없어? 걱정하지 마. 나중에 우리 두 사람 자서전이라도 쓰게 되면 그때 당신을 알몸뚱이로 홀딱 벗길 테니까……."

홀딱 벗긴다는 말에 흥분했나? 남편의 눈빛이 요요하다. 베개머리 송사는 여전히 으뜸이었다.

별난 체질

　나는 태어날 때부터 특이체질을 타고 난 게 분명하다. 어린 시절 아버지는 녹음이 우거지는 한 여름에는 나를 아예 묶어 놓으라고, 어머니에게 특명을 내렸다.

　내가 옻나무 근처를 갔었는지 알 수 없는데, 해마다 옻이 올라서 심하게 고생을 했다. 어린 시절 내가 살던 고향은 조그만 약방조차 없는 깡촌이다. 그 때문에 옻이 심하게 올라도 민간요법으로 치료를 해야 했다.

　그 치료라는 것도 논 가장자리에서 샘솟는 옻물이라는 차가운 물을 떠다가 씻기도 하고, 닭을 잡은 비릿한 물로 온몸을 씻는 것이 전부였다. 치료라기보다는 장기간 고생을 하고 자연치유가 된 것이라 여겨진다.

　옻나무 수액을 직접 만지거나 옻나무 근처에 갔는지 생각이 나지 않는데도 해마다 옻이 올라 여름이면 이 삼 일씩 학교를 결석하곤 했다.

아버지는 계집애가 극성맞게 산으로 들로 쏘다녀서 그런다
고, 옻이 올라 고생하는 것도 억울한데 툭하면 나를 구박했다.
그런데 내가 특이체질이란 것이 간접적으로 판명되는 확실한 계
기가 있었다. 극성맞아서 옻이 올랐다는 누명을 벗게 되어서 얼
마나 다행인지 모른다.

아마 여름방학이었을 것이다. 집에서 꽤 떨어진 밭둑 두 그
루의 나무를 타고 올라간 으름 넝쿨에 으름이 주렁주렁 열렸다.
채 익기 전인데 동네 아이들이 매달려 따는 것이다. 나도 동생을
업은 채 으름을 두어 개 땄다.

어머니가 보고는 사색이 되어 달려 왔다. 으름 넝쿨이 감고
올라간 나무가 옻나무라는 거다. 8개월 된 동생에게 옻이 오를
까 봐, 또 걸핏하면 옻이 올라 고생하는 내게 옻이 오를까봐 온
몸에 비누질을 해가며 여러 번 씻겼다. 옻나무 진액이 어린 동생
이나 내 몸 어디에도 묻지 않았다. 그런데도 어머니는 유난법석
을 떨었다.

8개월 된 아기도, 동네 개구쟁이 그 누구도 옻이 오른 아이
가 없었다. 그런데 유독 나만 전과 비교도 할 수 없을 만큼 옻이
올랐다. 퉁퉁 부어터진 전신에서는 진물이 줄줄 흘렀다. 차마 눈
뜨고 볼 수가 없을 지경이었다. 한마디로 말해서 죽었다 살아났
다.

동네 사람들은 옻이 속으로 들면 죽는다고 했다. 옻을 심하
게 앓고 나면 다시는 옻이 오르지 않는다는 이야기로 나를 위로

하는 사람도 있었다. 또 어떤 사람은, 옻이 잘 오르는 사람은 꿈에 스님만 보아도 옻이 오른다는 속설로 잔뜩 겁을 주기도 했다.

아무튼 그 사건으로 나는 특이체질이라는 것이 판명되었다. 아버지로부터 무조건 극성맞아서 옻이 올랐다는 누명은 확실하게 벗었다. 대신 산천이 푸르른 여름에는 어디도 가지 말라는 특명이 내려졌다.

시골에 살면서 산과 들을 외면하고 여름을 보낸다는 것이 쉬운 일은 아니다. 그렇지만 옻이 오르는 것은 너무 괴롭고 무서웠다. 함부로 나다니는 걸 자제했다. 아마 내 고향이 도시로 상전벽해화되는 일이 발생하지 않았다면 그 후로도 옻이 올라 여러 번 수난을 겪었을지 모른다.

결혼 후 사정이 여의치 않아 1년간 시골 시댁에서 살았다. 어느 날 시아버지와 맏동서 셋이서 점심을 먹게 되었다. 시아버지는 산에서 따온 옻순 몇 개를 고추장에 찍어서 드셨다. 그날따라 평소 잘 먹지 않던 고추장에 밥을 비벼 먹었다.

시아버지가 옻순을 찍어 드셨던 고추장이다. 그런데 이게 어떻게 된 일인가? 그날 저녁부터 심상치 않은 조짐이 보였다. 항문이 몹시 근질거렸다. 마음대로 긁을 수도 없다. 가려움을 참는다는 게 얼마나 힘든 일인지 안 당해 본 사람은 모른다. 가려움을 억지로 참고 있으면 온몸에 소름이 돋고 머릿결이 곤두서기까지 한다.

시집 온지 몇 개월 되지 않은 새색시인데 미칠 지경이다. 새색시가 눈치를 보며 분주히 방을 드나들었다. 마음대로 긁을 수도 없는 부분이다. 피가 나도록 타월로 문질렀다. 고추장에 옻 진액이 묻어 있다는 것을 감지못한 내 실수를 땅을 치고 질책했다. 부끄러움을 무릅쓰고 남편에게 사실대로 말하고 병원 처방을 받아 치료를 해야 했다. 임신중이라 약도 함부로 먹을 수 없었기 때문이다.

삼십 년도 더 지나간 이야기지만 그 때를 생각하면 지금도 온몸에 소름이 쫙 돋는다. 귀찮다는 이유로, 날씨가 무덥다는 핑계로 남편과 사랑을 나눈 적이 까마득하다. 전반적으로 불경기라 남편의 일도 거의 전무한 상태다. 반 백수나 다름없는 남편은 괜히 내 눈치를 본다. 호기당당하던 예전 모습이 확 줄었다.

그래서 그런지 한 잔 술을 걸치고 들어오면 괜한 짜증을 부린다. 애정이 식었느니 남았느니 심기를 불편하게 하는지라 못 이기는 체 번갯불에 콩 굽듯 의미없는 사랑을 나눴다.

그런데 이건 또 무슨 날벼락인가. 은밀한 곳이 가렵기 시작했다. 영락없이 옻이다. 남편에게 혹시 옻닭이라도 먹었느냐고 다그쳤다. 음식점에서 옻을 예방하는 약을 미리 주어 복용했단다. 옻닭이 몸에 좋다고 해서 친구들과 먹었단다. 옻닭을 먹는 본인에게는 예방되는 약인가 본데, 배우자에게는 무관하니 황당한 일이 아닐 수 없다.

병원을 가기도 남우세스럽다. 남편에게 약을 사오라고 도끼눈을 치켜 뜨고 닦달을 했다. 남편은 죄인처럼 내 눈치를 슬슬 보며 급하게 약을 사왔다.

　약을 먹고 바른지 삼 사 일이 지나자 가려움증이 멎었다. 징글징글한 옻이 온몸 구석구석 천지사방까지 퍼져 나를 괴롭힌 것이다. 옻이 거기까지 갔으니, 이제 더 오를 데가 있을까? 앞으로는 절대로 옻이 오르지 않을 거라는 생각이 든다. 참 별나고 특이한 체질을 갖고 태어난 나다.

영원한 이별

어렴풋이 잠이 들려는 찰나였다. 남편 핸드폰으로 문자가 들어왔다는 신호가 두 번이나 연속으로 울린다. 남편이 졸린 눈을 비비며 '누가 자꾸 문자를 보내는 거야?' 중얼거리며 문자를 확인한다.

남편은 몹시 놀라며 황급히 불을 켜고 벌떡 일어났다. 남편이 하는 행동으로 보아 불길한 소식이 분명했다. 야심한 밤에 누가 보낸 문자일까? 나도 잠이 확 달아났다. 발딱 일어나서 문자를 들여다 보았다.

'00씨 사망 0일 발인.' 남편은 고향을 떠난 사람들과 향우회 비슷한 친목 모임을 하고 있는데, 총무가 보낸 문자였다.

남편은 곧바로 고인의 동생에게 전화를 걸었다. 어떻게 된 일이냐고 다그쳐 묻는다. 욕실에 샤워하러 들어갔다가 쓰러져 그대로 사망했다는 이야기다. 평소 건강했던 분으로 알고 있었다. 며칠 전에 시댁 마을에서 그분을 만났었다. 건강한 모습이었다. 갑자기 돌아가실 거라고는 생각도 못했다.

아직은 돌아가야 할 나이가 아니다. 장성한 두 아들을 출가시키기 전이다. 그 분은 남편의 고향 선배로 시댁 바로 앞집에 살던 분인데, 오래 전에 고향을 떠났다.

고향 선산에 그분 부모님 묘소가 있고, 일가친척들이 살고 있다. 1년에 여러 차례 고향을 자주 찾는다. 옛정을 못 잊어 고향에 올 때마다 우리 시댁에 꼭 들리곤 했다. 그 때문에 나 역시도 함께 늙어가는 모습에 익숙했다.

고향에서 농사를 짓던 내외분은 인심이 후했다 한다. 남편으로부터 들어온 이야기중 특별하게 기억하는 울 수도 웃을 수도 없는 일화가 많이 있다.

그분 신혼 시절, 새색시인 아주머니가 밥 한 그릇의 여유도 없이 시어머니와 달랑 세 식구가 아침식사를 하는 시간이면 장난기가 다분한 남편이 그 형님한테 문안인사를 빙자해 어슬렁어슬렁 간단다.

"아직 식전이지? 들어와 밥 먹어."

인사치레로 하는 줄 뻔히 알면서도 못이기는 척 기다렸다는 듯이 냉큼 들어가서 밥상을 차고 앉아 밥을 먹었단다. 툭하면 들이닥친 남편 때문에 새댁인 그 아주머니가 아침밥을 굶은 적이 수없이 많았다고 했다. 남편이 홀랑 먹어 치운 것이 형수님 밥이었음은 말할 것도 없다.

내가 결혼하여 1년 남짓 시댁에서 살 때, 그 아주머니가 나한테 몇 번인가 반복해서 들려준 이야기다.

"저 서방님 때문에 툭하면 아침을 굶었어. 서방님 결혼하면 내가 꼭 복수해야겠다고 맹세했다니까."

하지만 짓궂은 서방님한테 시집온 자네가 고와서 복수할 마음이 없어졌다며 호호 하하 웃던 모습들이 너무나 생생하다.

오이만 보면 특별히 생각나는 분들이다. 첫아이를 임신해서 입덧을 할 때였다. 층층시하 열 두 식구가 한 집에서 살았으니 입덧을 한다고 입맛대로 먹을거리를 챙겨 먹을 수는 없었다. 처음 딴 오이라며 먹어보라고 갖다 주었다. 오이만 보면 30년도 더 지난 그날 저녁 사람 냄새에 취해 행복해 하던 내가 생각난다. 그런 까닭에 시댁을 떠난 이후로도 시댁 마을에서 만나면 친동기처럼 반갑던 분이다.

그분은 돌아가시기 전날에도 고향에 들려 부모님 산소도 둘러보고 친지들 안부도 물어보고 갔다는 것이다. 아마도 이승을 떠나야 할 어떤 예감이 들었던 모양이라고 모두들 애통해 했다.

남편은 바로 가봐야 한다며 서둘렀다. 함께 가봐야 마땅한 자리지만 주말마다 내게 오는 손녀 때문에 따라 나설 수가 없었다. 사람이 살았다고 큰소리칠 일도, 지나치게 소심할 일도 못된다. 옆에서 세상 모르고 잠자는 손녀를 보며 내가 살아있음을 실감할 뿐, 한 사람의 죽음이 도통 믿기지 않는다. 한 시간쯤 지난 후 남편이 침통한 목소리로 전화를 걸어 왔다.

고향에 다녀오셔서 병중에 계신 큰누님 찾아뵙고 집에서 저녁밥도 잘 드셨단다. 샤워나 하고 잠을 자야겠다며 화장실로 들어갔단다. 샤워를 마쳤을 시간이 훨씬 지나도 안나오길래 거실에서 텔레비전을 보던 가족들이 화장실 문을 열어보니 쓰러져 있었고, 119에 연락하여 병원으로 모셨지만 끝내 사망했단다. 가족 모두가 망자의 죽음을 받아들이지 못하는 상황이란다.

며칠 전에도 당신 죽으면 화장해서 부모님 산소 발치에 묻어 달라고 유언을 하셨단다. 당신의 죽음을 미리 점치고 계셨을까 안타깝기 그지없다. 영원한 천상복락을 누리길 기도하는 마음조차 죄가 될 것만 같다.

시댁 마을에서 만나면 장난기 많은 소년처럼 천진한 웃음이 얼굴 가득한 분이었는데, 이웃 동생의 아내를 제수씨로 깍듯하게 예우해 주신 분인데, 생의 이별이 못내 아쉽다.

병풍의 팔자

꿈 많던 소녀시절 한때 어설프게 독신주의를 고집하던 때가 있었다.

삶의 수채화를 내 마음에 맞게 그릴 자신이 없었다. 농담같은 진담이었다. 작은 오두막집 옆에 거기 맑은 시냇물이 흐르면 좋겠다는 말을 하고 다녔다. 자연을 벗 삼고 좋은 책을 읽으며, 한 줄 멋진 글을 쓸 수 있기를 희망하며 여유작작한 세상을 살고 싶었다. 꿈같은 꿈을 꾸었던 시절이었다.

그 결심이 간사하게도 아주 쉽게 무너졌다. 결혼은 해도 후회하고 안해도 후회한다는데, 결혼을 하고 후회를 하는 쪽으로 기울었다. 지독한 고열에 심한 감기 몸살을 앓았다. 그만 백기를 들고 말았다. 늙어 이렇게 앓고 있을 때, 내 곁에서 나를 돌봐줄 자식이 한 명쯤은 있어야 한다는 생각이 불현듯 들었다.

어머니께 결혼하고 싶다는 말을 하였던 것 같다. 앞집 할머니가 중매를 섰던 것으로 기억한다. 난생 처음 맞선을 봤다. 무슨 말을 했는지 기억도 없다. 키가 컸던 기억만 분명하다. 날씬하다 못해 메마른 나를 그 남자는 퇴짜를 놓았다. 퇴짜를 놓은 이유에 화가 났다. 요즘같이 날씬함을 추구하는 세상과는 동떨어진 웃지 못할 이유였다.

너무 빈약해 보인다는 거다. 무녀독남 외아들로 자라서 그 남자는 아이를 다섯 명쯤 낳아야 하는데, 아무래도 허약해 보인다는 거였다. 딱지를 놓는 이유를 앞집 할머니를 통해 전해 왔다. 개미 허리로는 다섯은커녕 한 명도 불가능하게 보였나 보다. 너무 날씬하다는 이유로 보기 좋게 딱지를 맞은 것이다. 외아들에 홀시어머니, 그리 탐나는 혼처도 아니다. 내가 먼저 딱지를 놓지 못한 것이 약오르고 분했다. 창피하기까지 했다.

첫 번째 맞선에 딱지를 맞고 오기가 발동했었나 보다. 곧 이어 두 번째 선을 보았다. 부부는 전생의 원수끼리 만난다고 하는데 평생원수를 딱 만났다. 평소 자주 가지 않던 친정아버지 고종사촌 아주머니 댁을 방문했다. 여동생의 고등학교 졸업식에 갔다가 학교 가까운 곳이라 잠깐 들린 것이 인연이 닿았다.

"언니, 큰딸 시집 안 보낼 거유?"

"시누, 좋은 자리 있으면 중매해 보우."

아들 친구인데 예의도 바르고 싹수가 있는 아주 성실한 청년이라며 입에 침이 마르게 칭찬을 해댄다. 싹수가 있다는 이면에는 거지반 아주머니에게 잘 해 주었던 것을 말했을 뿐인데, 싹수가 있다는 말에 끌려서 일주일 후로 맞선 날을 잡고 왔다. 내 생각은 무지하다 싶을만큼 단순했다. 조금 부족하다 싶은 자리, 내가 잘해서 나름대로 인정받고 싶었다.

내 얼굴이 귀신 홀리게 예쁜 것도 아니다. 혼수를 바리바리 해갈 처지는 더더욱 아니었다. 여자 나이 25살을 넘기면 노처녀 라는 딱지가 선명하게 붙었던 시절이다. 그런 정황으로 볼 때 나한테 딱 맞는 사람이라 생각했다. 맞선을 본 후, 한 달여만에 결혼식 날짜가 잡혔다.

나는 결혼 전 동양 자수를 직업으로 갖고 있었다. 때문에 병풍 하나쯤 수놓아서 혼수로 가져가야 한다고 생각했다. 그러나 시간이 너무 촉박했다. 밤낮으로 동생들에게 명주실을 필요한 색상에 맞춰 미리미리 바늘에 끼워주길 부탁했다. 변변한 혼수가 없었으므로 병풍에 집착을 보였다. 아마도 특별한 혼수 품목으로 하여 나를 색다르게 표현하고 싶었는지 모른다. 크기에 맞게 병풍틀을 미리 맞추어 놓았다. 그렇게 설치고 서두른 덕에 결혼식 전날 가까스로 병풍을 찾아다 놓았다.

"시어른들 드릴 병풍을 수놓느라 시간이 없어 못 들린다고 한다."

함을 팔러 온 신랑 친구중 한 명인 중신어미 아들이 아주 잘했다는 듯이 큰소리로 떠들어 댄다. 결혼하고 1년 가풍도 익힐 겸 데리고 산다는 말이 혀에 가시처럼 거슬렸다. 한번 다녀가라고 했지만 시댁 방문을 하지 않았다.

그런데 어떤 연유인지 시부모님께 드릴 병풍으로 바뀌어 노출되었다. 병풍을 두 벌이나 수놓을 시간적 여유는 물론 그럴 마음도 없었다. 하지만 크게 신경쓰지 않았다. 내가 직접 시부모님께 드릴 혼수라고 말씀드린 적이 없다. 신혼 방에 두를 병풍일 뿐이다.

결혼식을 끝내고 고궁 몇 군데를 도는 것으로 신혼여행은 생략되었다. 시내 드라이브를 마친 남녀 친구들과 늦은 시간에 시댁으로 들어갔다. 마루에 병풍을 쳐놓고 있었다. 친척 어른들과 동네 분들이 삼삼오오 모여 있었고, 개중에는 독사진을 찍는 분들도 있었다. 그을음으로 우중충한 촌집 마루에 노송 위에 학이 한가하게 노니는 병풍이 화려하게 펼쳐져 있었다.

아무개 며느리 잘 보았다느니, 손끝이 야무지다느니 등 자자한 칭찬이 귓속에 속속 박힌다. 신혼 방에 둘러쳐질 병풍이 아닌 것만은 확실했다. 신혼 방으로 가져갈 엄두조차 낼 수 없어 속이 상했다. 하지만 어쩔 수 없는 상황이었다. 말없이 인정할 수밖에 도리가 없었다.

그런 사연을 안고 있는 병풍을 시아버지는 가보쯤으로 여길 만큼 애지중지했다. 결혼을 하던 그 해 가을이었다. 친정어머니 생신에 다녀오느라 며칠간 휴가를 얻었다. 여러 날을 친정에서 지내다가 왔다. 대문 안으로 들어서기가 무섭게 시아버지는 대뜸 나에게, 어린아이가 엄마에게 형의 비리를 일러바치듯 못마땅한 투로 말을 한다.

"새 아가, 내 말 좀 들어봐라. 엊그제 아무개 어미 환갑날 병

풍을 빌리러 온 걸 내가 안된다고 했다. 내년 내 환갑 때 개시로
써야 한다고 했다. 여자 환갑에 달랑 먼저 쓴다는 게 말이나 되
냐? 빌려 달라는 사람들이 잘못된 거지. 그런데 둘째 녀석이 꺼
내다 준 모양이야. 국수 한 젓가락 먹을 생각도 없어지더라.”

단단히 화가 나신 모양이다. 남편에게 아버님이 이러고 저
러고 하시던데, 어떻게 된 거냐고 물었다.

“있는 거 뻔히 알고 빌려 달라는데 어떻게 야박하게 안 빌려
줘. 사진만 찍고 바로 제자리에 가져다 놨어. 말도 하지마. 병풍
때문에 인심 잃을 뻔 했어. 아버지 역정이 대단하셨거든. 병풍은
왜 해와 가지고는……”

다 지나간 일이니 너무 신경 쓰지 말라며 킬킬거린다. 신혼
방에 쳐놓고 한껏 신혼 기분에 젖어 있으려던 병풍이 초년부터
모진 수난을 당했다.

그 이후 동네 어르신들 회갑 때면 내가 혼수로 해간 병풍을
배경으로 사진 찍는 것이 관례처럼 되었다. 삼태기 안 같은 좁은
산골 마을에 여덟 폭 병풍의 인기는 나보다 한 수 위였다. 꽤 오
래도록 회갑사진 뒤 배경으로 한 몫을 하며 인기를 누렸다.

이순을 바라보아 눈이 침침해진 나이에 들여다 보아도 한
땀 한 땀 정성드려 내가 수놓은 게 맞나 싶을 만큼 곱고 화려하
다. 천 년은 묵었음직한 노송 가지에는 열 두 마리 학이 둥지를
틀고 있다. 일가를 이루고 평화롭게 노닐고 있는 모습이 손 한
번 크게 내저으면 푸드득 날아오를 것만 같다.

조카며느리들도 작은어머님이, 또는 큰어머님이 수놓은 것이 맞느냐고 호들갑이다. 시어른들께서는 십 수 년 전에 이미 고인이 되셨다. 지금은 아주버님께서 가보처럼 소중하게 보관하신다. 병풍은 명절 때나 특별한 날에 여전히 제 품위를 유지하고 늙어가는 내 앞에서 한껏 거드름을 피운다.

얼떨결에 시어른들께 드릴 혼수로 둔갑하여 신혼 첫날밤에도 쳐보지 못한 병풍이다. 하지만 이제 와서 생각하니 정말 잘했다는 생각이다. 아마도 내가 지니고 있었다면 이 삼 년도 못 가서 수명을 다했을 것이다. 연년생으로 아들 둘을 낳아 정신없이 키웠다. 그야말로 집안에 새것이라고는 눈 씻고 찾아봐도 볼 수 없을 만큼 극성스러웠다.

사물도 주인을 잘 만나야 팔자가 늘어진다. 내 혼이 깃든 병풍은 오래도록 품위를 유지하며 장수할 것임을 믿는다. 십장생의 하나인 학을 품은 병풍으로 체면을 유지하면서 팔자가 마냥 늘어졌다. 병풍의 늘어진 팔자처럼 나도 보물단지처럼 모셔지는 황혼을 꿈꾼다. 고고한 학 한 마리를 가슴에 키우고 싶다.

부활하신 어머니

“언니, 엄마 암이래.”

막내 여동생이 전화를 했다. 어머니가 위암 3기말이라고 울먹이는 동생의 목소리는 심하게 떨렸다. 며칠 전 친정에 다녀왔을 때 어머니 건강상태가 어땠는지 도무지 생각나지 않는다. 머릿속이 하얗게 부서지는 것도 같고, 동굴 속처럼 캄캄하기도 했다.

어머니는 평소에도 속이 쓰리다는 말을 자주 했다. 젊은 시절부터 속이 쓰리다며 아침마다 공복에 냉수를 한 컵씩 드셨다. 그러나 대수롭지 않게 생각했다. 그 흔한 암 보험 하나 어머니 앞으로 들어주는 자식이 없었다. 나 역시 식구들 암 보험과 어린 손녀의 보험까지 가입했지만, 어머니에게 암 보험은 어쩐지 생소하게 느껴졌다.

가슴이 쿵 내려앉았다. 막내 여동생에게 곧 가겠다며 전화를 끊고 허겁지겁 친정으로 달려갔다. 내 기억 속에 저장된 어머니의 거친 일생이 깃발처럼 나부꼈다. 친정 집으로 가는 내내 흐르는 눈물을 감출 수가 없었다. 어머니 생애에 과연 머물고 싶었던 날들이 있기나 있었을까? 넉넉지 못한 살림에 7남매 거두느라 애면글면 속끓던 수많은 날들이 첩첩이 쌓였음을 부인할 수가 없다.

어머니의 암은 의료보험공단에서 실시한 건강검진에서 발견하였다. 건강검진을 동네 병원에서 받고, 혹시 오진일 수도 있을 거라며 분당 J병원에서 다시 받았는데 결과가 같단다. 그 동안 혼자 아픈 속을 달랬을 어머니와, 먼저 어머니 병세를 알고 동분서주하였을 동생 생각을 하니 목이 콱 메였다.

J병원에서 수술 날짜까지 잡혔지만, 더 큰 병원에서 수술을 하는 것이 안전하지 않느냐고 형제들과 회의를 했고, 강남에서 유명한 S병원에 다시 검진을 의뢰했다. 수술 날짜를 하루라도 앞당겨 받기를 고대했다.

그런데 수술 날짜까지 잡힌 J병원과는 전혀 뜻밖의 말을 했다. 5년 생존율 15%도 안되는 노인의 수술을 할 수 없다는 것이다. 의료진과 시설 좋기로 유명한 S병원에서 망발을 해도 유분수지, 우리 어머니의 병세가 그 정도냐? J병원에서 수술 날짜까지 잡힌 것을 자식된 도리로 시설 좋은 큰 병원에서 수술하려 했는데, 어떻게 그런 말을 하느냐고 악다구니치고 따질 기회도 주지 않았다. 자기하고는 아무 상관이 없다는 듯 다음 환자를 호명했다.

어머니의 차트를 밀쳐놓으며, 드시고 싶은 거, 하고 싶은 거나 하라는 절망 섞인 말을 거리낌없이 보호자에게 던진다. 망연자실했다. 노란 하늘색을 비로소 그때 처음 봤다. 아이를 낳을 때 하늘이 노래야 낳는다는 그 속설보다 더 샛노란 하늘색을 함부로 칠하는 의사가 사람같지 않았다.

노인은 암세포가 더디게 퍼진다는데, 민간요법을 실시하고 병구완 잘하면 5년은 더 살 수 있다고 하던데, 그래도 되느냐고 애원했다. 의사는 뭐 이따위 무식한 사람들을 봤냐는 투로 어머니는 6개월 시한부 인생이라고 막도장을 쾅 찍어 버린다.

막내 여동생과 둘이서만 온 것을 천만다행이라 생각했다. 갖가지 꽃들로 잘 가꿔진 아름다운 병원 뒤뜰에서 동생은 "언니, 어떡해?"를 연발하더니 기어코 울음을 터트렸다.

당시, 어머니는 음식물 삼키는 것도 몹시 힘들어했다. 막내 남동생의 선배가 의사로 있고, 후배가 인턴으로 파견 나와 있는 영동 세브란스 병원으로 어머니를 모시고 갔다. 처음부터 막내 남동생은 그렇게 하자고 제의했었다. 큰 병원이 나을 거라고 고집부리다 결국 동생의 뜻을 따랐다.

병원을 옮길 때마다 차트를 가져가도 매번 검사를 다시 한다. 어머니는 새로 검사받는 것이 진저리 난다며 진료 받기를 거부했다.

어머니는 어디서 귀동냥을 했는지, 이것저것 민간요법을 하며 5년만 더 살다가 막내 결혼하는 거 보고 죽으면 원도 한도 없

 한 평범한 주부의 평범한 이야기

다며 당신 마음대로 명줄을 늘리고 있었다.

청소부라도 연을 맺어 놓으면 덕을 볼 기회가 있다는 말이 새삼 피부에 닿았다. 막내 남동생의 선배와 후배가 있는 병원에서는 어머니를 대하는 태도가 어찌나 부드러운지 고맙고 감사했다. 그러나 세브란스 병원에서도 어머니의 증세를 결코 만만하게 보지 않았다. 상태가 좋지 않다며, 식사라도 할 수 있는 웰빙 수술이라도 해보자는 거였다.

지금 상태로 두면 얼마 못가 식사를 거의 못할 수 있다는 그 말은 곧 얼마 더 못산다는 간접 표현이기도 하다. 음식을 먹을 수 있게 위를 누르고 있는 암덩어리를 돌려놓는 수술, 일컬어 웰빙 수술이라도 하자고 했다. 개복 후 암 덩어리를 제거할 수 있으면 최선을 다해 수술을 할 거라며, 우리 형제들에게 서명을 하라고 했다.

2004년 7월 5일 어머니는 영동 세브란스 병원에서 C 박사의 집도 하에 수술을 받았다. 다행히 암세포가 다른 장기로 크게 전이되지 않아서 생각보다 수술경과는 좋다고 했다. 그런데 어머니는 다른 암환자들에 비해 유독 식사를 하지 못했다. 위암 환자들은 다른 부위의 암환자보다 음식물을 먹지 못하니 회복이 더뎌 보였다. 특히 어머니는 더 유별났다.

입덧 한 번 하지 않고 순하게 아이를 낳았다는 어머니가 별스럽게 음식물 냄새에 심한 거부반응을 일으키며 괴로워 했다. 그런 어머니를 24시간 내내 간병할 자식이 없었다. 다들 먹고 사느라 바쁜 것이 이유다. 할 수 없이 간병인을 썼다. 간병을 맡은 아주머니가 얼마나 어머니를 곰살스럽게 보살펴 드리는지 감사하기 이루 말할 수 없었다.

어머니 평생에 그런 호강은 아마 처음이지 싶었다. 대가를 지불하고 고용하는 간병인이지만, 어찌나 알뜰하게 보살펴 주는지 어머니는 아기처럼 응석이 늘어갔다.

12번의 항암치료를 해야 한다는 말에 어머니는 당신 병이 상당히 깊다는 걸 금방 눈치차린 듯 했다. 처음 수술을 받지 않겠다고 하실 때와는 다르게 생의 끝자락을 꽉 움켜쥐고 있었다. 남모르게 잡신에게 사정을 하는 것처럼 보였다.

어머니만큼 운동을 열심히 하는 환자도 보기 힘들 정도였다. 오가는 환자나 가족들을 통해, 의료진들을 통해서 듣는 위암에 대한 정보, 위암에 좋고 나쁜 음식물, 위암에 운동은 필수라는 등, 그 어느 것 한 가지도 거스르는 법이 없었다.

하지만 가장 큰 문제는 경제력었다. 병원비를 혼자서 부담할 만한 자식이 없다는 게 슬펐다. 한 부모는 열 자식을 키워도, 열 자식이 한 부모 모시기 어렵다는 말이 현실로 다가왔다. 딸이지만 내 자식이 몹쓸 병이 걸렸다면 집이라도 팔고, 하다못해 전셋집을 빼서 길바닥에 나앉는다 해도 주저하지 않았을 것이다. 그런데 나를 비롯하여 어느 누구도 그런 효를 행할 자식이 없는게 정말 못견디게 서러웠다.

만약을 대비해서인지, 어머니는 맏딸인 나한테 비밀스럽게 당신의 전 재산을 밝힌 바 있다. 자식들이 드린 용돈이라든가, 근근이 모아 두었던 고래심줄보다 더 질긴 비상금이 있다. 비상금을 내놓으라 하는 악역을 고스란히 내가 맡았다. 간병인을 쓰자는 말에 자식들 모두 만장일치로 결정을 내렸다.

하지만 누구 하나 간병인을 고용하고 치료비를 선뜻 내놓을 자식이 없다. 빤한 사실 앞에서도 어머니는 당신의 비자금을 선뜻 내놓겠다고 하지 않았다. 나는 어머니에게 '공갈협박'을 했다. 어머니가 두 발로 땅을 다시 밟고 다니면 어떤 놈 등을 쳐서라도 비상금 도로 채워 드리겠으니, 어서 내놓으라고 숫제 떼를 썼다.

그런데도 1년 만기 정기적금으로 묶어 놓았다며 중도 해약은 손해가 난다고 했다. 복장이 터졌다. 나는 언어폭력도 서슴지 않았다. 내가 흘린 눈물로 어머니의 병세가 좋아진다면, 석 달 열흘을 울어도 시원치 않을 만큼 눈물을 흘렸다.

결국 어머니는 통장과 도장을 감춰둔 비밀창고를 자백했다. 사정이 이만저만하여 해약을 하는 거라고 해도 은행은 해약을 해 주지 않았다. 결국 은행원이 병원으로 와서 어머니의 사인을 받고 나서야 적금을 해약했다.

어머니는 검사비, 수술비를 제외하더라도 간병비와 입원비로 지출되는 것이 다른 환자와는 비교가 안되게 많이 들어갔다. 다른 환자들은 항암제를 맞고 바로 퇴원을 하는 반면, 어머니는 적게는 2주, 길게는 한 달씩이나 입원 퇴원을 번복했다.

항암제를 투여하면 음식물은 커녕 물조차 넘기기 힘들어 했다. 음식물을 넘기기 전에 토하는 바람에 거의 초죽음 상태가 되었다. 영양제와 링거주사를 매달고 살다시피 해야만 했다.

항암제를 맞는 어느 회차에 상태가 웬만한 것같아 우리 집으로 모시고 간 적이 있었다. 음식을 먹는 것은 고사하고 냄새조차 거부하여 식구들은 밖에서 김밥 등으로 식사를 대치했다. 간호조무사를 불러 영양제를 놓아드려도 탈진상태라 겁이 덜컥 들었다. 구급차를 불러 급하게 응급실로 다시 갔다. 입원실이 없다고 하여 하루에 50만원이 넘는 특실에서 이틀 밤을 보냈다. 그야말로 눈이 튀어 나올 지경이었다. 이렇게 가다가는 어머니 비상금도 머지않아 바닥이 나게 생겼다.

항암제를 투여하고 다음 항암제를 맞을 때까지 어느 정도 회복이 되어야 하는데 회차마다 너무 지쳐 있었다. 도저히 열 두 번 마지막 회차까지 버틸지 의문이었다. 12번 항암제를 맞아야 된다는 처방이 내려졌지만 여덟 번을 투여하는 것도 여러 달에 걸쳐서 억지로 했다. 회차마다 예정된 날에 항암제를 투여한 적이 없다. 탈진을 거듭하며 초죽음으로 고생했다. 어느 정도 회복을 해야 다음 차수를 맞는 힘든 투병생활이었다.

의사 선생님께 형제들과 상의도 없이 항암제는 그만 중단하겠다고 말했다. 항암제를 투여할 때마다 저렇게 고통스러워 하시니 항암제 치료하다 지레 죽겠다고 사정을 했다. 직접 간병을 하지는 못했어도 자식된 도리에 틈나는 대로 병원을 드나드느라 형제들도 모두 지칠대로 지쳐있는 상태였다.

어머니의 암을 처음 발견했을 당시 큰올케의 친정어머니도 암 투병중이었다. 남자 형제는 있어도 외동딸인 올케가 친정어머니의 병수발을 들어야 할 형편이었다. 큰올케가 심신이 많이 지쳐 있을 무렵, 시어머니가 덜컥 암 선고를 받았으니 정신적 부담이 매우 컸을 것이다.

그런 올케에게 형제들이 분분한 생각을 깊이없이 던지는 바람에 심한 갈등으로 형제들 관계가 소원해졌다. 시어머니에게 최선이 아닌 기본만 하라는 말들이 고깝게 들릴 만큼 지친 올케와 생각들이 많이 엇갈렸다.

고지식한 올케는 나름대로 진실만을 행하려고 했던 것 같다. 아무리 잘한다고 해도 남편의 눈치를 보며 하는 친정어머니 병수발로 심신이 많이 지쳐 있었다.

우리 형제는 딸이 여럿 있으니까 딸들이 번갈아 시어머니를 보살펴 드리면 혼자서 친정어머니 돌보는 자기 입장보다 훨씬 수월하지 않겠느냐는 평범한 진리가 턱없이 빗나갔다. 각과 면의 대립으로 찔려서 생긴 상처로 골이 깊어 갔다. 시집이 우선이라는 독화살로 인하여 오해가 빙산처럼 쌓였다.

내 형제들 역시 자기들이 어머니 간병을 맡아 하지 못하면서 정은 멀고 핏줄의 가까움만 따지니 속상했다. 그런 사태는 비단 우리 집만의 이야기는 아니다. 자랑할 것도 못되지만, 특별히 부끄러운 부분도 아니란 생각이 든다.

나는 지속해서 악역을 맡았다. 정말 돈이 없으면 수술도 못해 보고 죽는 사람도 많다. 항암제도 혼자 와서 맞고, 그 날로 집에 가는 사람들도 많다. 호강스럽게 효도를 받고 있는 다른 환자를 보며 서운한 마음을 가지면 도대체 나보고 어쩌라는 거냐고 어머니께 모진 말도 서슴지 않았다. 서운한 기색도 내비치지 못하게 딥다 퍼붓는 악역을 혼자 맡고서 얼마나 눈물을 흘렸는지 아무도 모른다.

어머니는 모진 마음으로 운동을 계속하며 명줄을 잡으려는 강한 면을 보였다. 12 번 투여해야 끝나는 항암제를 간신히 여덟 번 치료로 끝냈다. 어머니는 항암제를 맞을 때마다 그토록 심한 고생을 했으면서도 언제 또 가는 날짜냐며 재촉하듯 묻는다.

발병 처음에는 치료를 하지 않겠다던 어머니는 나머지 네 번 남은 지겹고 지겨운 항암치료만이 남은 목숨을 좌지우지한다고 생각하는 것처럼 보였다. 항암제 투여로 힘들 때마다 그냥 죽게 내버려 두지 않고 고생시킨다고 내게 심한 앙탈을 부리던 어머니였다.

나도 어머니처럼 거짓말을 했다. 새로 나온 좋은 비싼 약을 투여해서 빨리 치료되었다고 말했다. 형제들마다 죽을 사서 나르고, 맵지 않은 반찬과 곰국을 끓여 가져왔다. 작은 양을 자주 먹으라는 의사선생님의 지시를 따르는 것은 물론이요, 집 뒤의 공원을 빠지지 않고 올라가 운동하는 것도 게을리하지 않는다. 입맛이 없다는 하소연을 입에 달고 살아도, 규칙적인 생활을 게

을리하지 않았다.

처음에는 2개월에 한 번 병원에 가서 상태를 검사하고, 상태에 따라 항암제를 더 투여할 것인지 의사 선생님과 약속했다. 선생님도 항암제 투여로 인한 어머니의 심한 고통을 익히 아는지라 허락해 주었다. 특별히 더 나빠지지 않아서 처음 2개월에서 4개월로, 그리고 6개월 정도로 늦춰서 검진을 했다. 더 이상 항암제는 포기하는 것으로 치료를 마무리지었다. 1년이 지난 후 내시경 검사를 했는데, 다행히 결과가 좋다고 했다.

의사 선생님은 병원과 의료진을 믿고 긍정적으로 받아들이던 가족간의 사랑이 어머니를 살렸다는 모르는 말씀을 하신다. 더불어 환자가 운동과 소식을 자주 해서 치료효과를 높였다고 했다.

어머니 자신도 당신이 암을 앓았던 환자가 맞나 의심이 갈 정도로 아무렇지 않다고 기뻐했다. 함께 사는 막내 남동생이 검사를 한 번 더 받아 보라고 권고를 해도 막무가내시다. 밥 잘 먹고 아픈데없이 멀쩡하게 돌아다니는데 뭐 하려고 병원은 가느냐며, 한사코 손사래를 친다. 요즘 우리 어머니만큼 바쁘게 사는 양반도 없다. 복지회관으로, 엉터리 약장사 정규회원으로 한시 반시 집에 계시는 날이 없다.

어머니와 같은 무렵 위암 수술을 받은 아주머니하고 서로 전화로 안부를 묻곤 하는 거 같다. 병원에 있을 때 나도 몇 번 본 적이 있는 분이다. 사위가 그 병원의 의사라고 하는 그 분은 부

잣집 사모님으로 그야말로 불면 날아갈까, 쥐면 꺼질세라 식구
들이 벌벌 떨며 1인실 병실을 쓰며, 환자로서는 최고의 호강을
누리던 모습이 선했다. 어느 날 친정에 갔더니 어머니께서 시무
룩하게 그분의 소식을 전했다.

"분당 그 아줌마 있지. 왜, 사위가 의사라던 그 이가 죽었다
는구나."

혹시 내가 기억을 못할까 봐 자세히 설명을 하는 어머니는,
당신은 누구 하나 제대로 거두어 주는 사람이 없는 천한 목숨이
라서 살아난 거라고 했다. 오로지 당신의 강한 의지로 병을 이겨
냈다는 호언장담이다.

어머니는 친구 분들과 어울려 자주 놀러 가신다. 다시 태어
난 듯 하루도 빠짐없이 운동을 거르지 않는다. 행여 자식들 눈에
오래 살고 싶은 노인의 극성맞은 행동으로 보여질까 자격지심인
지 가끔 한마디씩 변명을 하신다.

"내가 오래 살라고 이러는 게 아니다. 자식들 고생 안 시키
려고 운동하는 거야. 사는 날까지 건강하게 살다가 죽으려고 운
동하는 거다."

아무래도 좋다. 어머니의 대단한 정신력에 박수를 쳐드린다.

지하철 요금이 공짜인 어머니는 계단을 오르락내리락 하는
것도 귀찮으련만, 지하철을 타고 꽤 여러 정거장을 가는 친구 집
을 이웃집 마실 다니듯 한다. 배낭 하나를 메고 가락시장으로 싼
야채를 사러 가실 때도 있다. 하루를 24시간 이상으로 활용하며

사는 모습이 보기 좋다.

　굳은 날은 집안에서 맨손체조라도 하는 어머니의 정신력을 내가 반만 닮았으면 좋겠다.

사람이 사는 집

　얼마 전 조카며느리가 4.3 킬로그램의 건강한 딸을 낳았다. 자연분만을 시도하며 고생하다가 끝내 의사의 권유로 제왕절개 수술로 낳았다고 했다. 낳기 전까지 의사들도 아기가 그렇게 큰 줄 몰랐다고 했다. 첫아이치고 조카며느리의 배가 유난히 불렀다. 그 때문에 산달이 언제냐고 물어보았고, 그래서 예정일을 알게 되었다. 5월 말 경이라고 했다.

　계절의 여왕임을 과시하듯 넝쿨장미가 흐드러지게 피었다. 운동삼아 공원을 산책하고 집으로 돌아와 손을 씻었다. 좋은 계절이 빨리도 지나가는구나, 혼자 중얼거리며 화장실 문에 걸린 달력을 무심결에 보았다. 벌써 5월도 마지막 날이라 아쉬운 마음과 동시에 조카며느리의 출산 예정일이 생각났다.

　아이를 낳았으면 전화를 했을 터이다. 아무 소리가 없는 걸 보니 아직 출산 전이지 싶었다. 그래도 예정일이 오늘인데 궁금하기도 해서 생각난 김에 동서에게 전화를 걸었다.

"이봐요, 예비 할머니. 달력을 보니까 오늘이 조카며느리 예정일인데, 무슨 소식이 있는가?"

"형님, 지금 산실에서 아무개(조카 녀석) 잡아 뜯고 난리가 났어요. 아침부터 산기가 있어서 병원으로 데려 왔어요. 오자마자 양수만 터지고 아기를 빨리 못 낳고 저리 애를 쓰네요. 사부인이 오셔서 밖으로 잠시 나오려는 참이었어요."

"순산을 해야 하는데 걱정이네. 병원이니 그다지 걱정하지 말게."

"형님, 아무개 아버지(시동생)는 볼일 있어 지방에 갔는데, 전화가 수시로 들어와요. 아기 낳으면 전화할게요."

사람 마음처럼 간사한 게 없다. 내 며느리가 아이를 낳을 때 하고 이처럼 걱정하는 마음이 다르대서야, 씁쓸한 미소가 새어 나왔다. 예정일에 딱 맞춰서 병원에 간 조카며느리인데, 시간까지 잘 맞춰서 아기를 잘 낳겠거니 하는 안일한 마음으로 전화를 끊었다.

나는 첫 아이는 물론이요, 둘째 아이도 예정일에 낳지 않았다. 세상에서 둘도 없이 아이, 그야말로 눈에 넣어도 아프지 않을 내 고운 친손녀도 예정일보다 일주일 먼저 세상 밖으로 나왔다. 손녀딸이 일주일 먼저 나와 주어서 지금까지 고마워하는 사람이 있다. 내 작은아들이다. 그러니까 손녀의 삼촌이다. 마침 군대에서 휴가를 나왔다가 부대로 귀대하는 날이다.

전방에서 복무를 했기 때문에 외출이라든가 휴가를 쉽게 낳올 수 없는 처지였다. 귀대하면 1년 후에나 집에 오는데, 이미 많이 커버린 조카와 낯선 상봉을 하기보다는 예쁜 갓난 조카를 보고 싶다고 했다. 부대로 돌아가기 며칠 전부터 나를 졸라댔다.

“엄마, 형수보고 아기 빨리 낳으라고 해. 나, 지금 부대 들어가면 언제 휴가 나올지 몰라.”

이건 아주 협박에 가까운 말투였다. 아기를 낳는 것을 그리 쉽게 생각하는 녀석이 나라를 지킨다고 생각하니 웃음이 저절로 나왔다.

“아직 예정일이 남았는데, 엄마 뱃속도 아닌 형수 뱃속의 아기를 어떻게 마음대로 낳으라고 해? 나올 때가 되어야 아기가 나오지.”

지극히 상식적인 말을 늘어놓으며 눈은 흘겼어도 나도 은근히 조금 일찍 낳았으면 하는 마음도 없지 않았다. 작은아이도 형수가 딸을 낳을 거라는 정보를 미리 알고는 덩달아 수선이다.

나는 며느리의 예정일을 일주일 앞당겨 놓고 우리 집에 와서 있게 하였다. 조금 이른 나이에 연애결혼을 한 며느리가 갑자기 산기가 와도 예정일만 믿다가 당황해 할지 모른다는 노파심 때문이다. 배가 아프면 무조건 병원으로 가라고 일러 주었지만 그래도 마음이 놓이지 않았다. 마침 작은아이도 휴가를 나와 있었고, 모처럼 식구가 한데 모여서 밥을 먹어 사람 사는 집 같았다.

손녀가 태어나던 날은 작은아이가 귀대하는 날이었다. 최전방이라 차로 태워다 주었으면 좋으련만, 남편이 그날 따라 바쁜 일이 생겨서 대중교통을 이용해 복귀를 해야만 했다. 아침밥을 제대로 챙겨 먹여 보내야겠다는 마음이라서 여느 때보다 일찍 일어났다. 조심스럽게 주방에서 아침밥을 준비하고 있었다.

며느리는 주방 바로 옆방에서 자고 있었다. 발소리도 안 나게 고양이 걸음을 디디며 조용히 아침준비를 거지반 다 해 놓았을 때 며느리의 신음 소리가 들렸다.

노크할 사이도 없이 문을 벌컥 열고 방으로 들어갔다. 잘 자고 났는데 새벽부터 배가 살살 아프다는 것이다. 어떻게 아프냐고 물었더니 아팠다 안 아팠다 간격이 좁혀진다고 했다. 첫 아이 낳던 날 통증이 되살아나는 듯 내 행동이 부산해졌다.

남편과 작은아이를 깨워놓고 밥은 다 해 놓았으니 알아서들 먹으라고 했다. 며느리를 데리고 택시로 병원으로 갔다.

자궁이 열렸다며 분만 대기실에 산모를 눕혔다. 진통이 자주 빠르게 왔다. 옆에서 손을 잡아주고 며느리의 배를 쓰다듬었다. 안간힘을 쓰며 산고를 참는 며느리가 불쌍했다. 입에 발린 소리지만 그 순간만은 내가 대신 아파서 낳아 줄 수 있다면 그렇게 해 주고 싶었다. 며느리의 배를 어루만져 주며 속삭였다.

"아가야, 착하지. 세상에 나오느라 너도 힘들지만 엄마가 많이 아프단다. 엄마 고생 조금만 시키고 빨리 나오너라."

아들이 곁에서 해 주었으면 싶은 말들을, 내가 남편으로부터 듣고 싶었던 말들을 대신해 주고 있었다. 산고의 신음을 벗어나 울음소리로 바뀌자 산모를 분만실로 데리고 들어갔다. 분만실 밖에서 비명을 지르는 소리를 듣고 있는 심정은 피가 말랐다. 당시 그 병원의 규칙은 분만실 안으로 보호자를 들여보내지 않았다.

고맙게도 첫아이 치고는 순산을 했다. 아침 일곱시 반 경에 집에서 출발, 병원에 와서는 분만 대기실에 있다가 진통을 한 시간 겪고 아기를 낳았다. 분만실에 들어간 지 이십여 분만에 아기의 울음소리가 들렸다. 삼촌의 얼굴을 보려고 빨리 세상 구경을 나온 아이, 제 어미의 고통을 반으로 줄여준 아이가 더없이 곱고 예쁘다.

정신없이 내 아이를 키우던 때와는 달리 모든 것이 신기하다. 아이가 하는 작은 행동 하나하나가 행복으로 물결을 이룬다. 아이의 물건들로 어지럽혀 있는 집안이 진정 사람 사는 집같음을 느낀다. 이제 동서네 집도 사람 사는 냄새로 시끄러울 것이다. 정신없이 어질러져 있을 생각을 해 본다. 게으른 내 천성을 합리화시킨다.

생일 이벤트는 현재진행형

올해도 어김없이 친정어머니는 생신을 맞이하여 여행을 떠나신다. 10년도 넘게 만족해 하시는 당신만의 생신 이벤트를 말릴 재간이 없다. 같은 무렵 시집 와서 한 동네에 살았던 어머니의 친구들도 생일맞이를 떠나신다. 시집 온 새댁 시절부터 끈끈하게 정을 이어온 친구분들이다.

다섯 친구중, 두 분은 사촌 동서끼리이고, 한 분은 시누이다. 세 분이 일가고, 친정어머니와 다른 한 분은 동네에서 결혼을 한 분이라 이래저래 친구로 지내신다.

많게는 세 살 위고, 동갑이거나 한 살 아래다. 그래서 형님이야, 친구야, 아우로 한결 한시로 변함없이 정분을 쌓으며 지내신다. 칠순을 넘기고 팔순을 바라보는 나이까지 면면이 정을 이어가는 모습들이 실로 아름답다.

이 다섯 분들이 환갑을 지낸 다음부터 별난 모임을 결성했다. 이름도 성도 없는 친목회를 조직하고, 다섯 중에 생일을 맞는 회원이 있으면 생일맞이를 나가신다. 대개가 전국에 이름있는 콘도에 가서 생일을 보내고 오신다. 각자가 한 가지 이상 음식을 만들 재료를 준비해 가지고 가신다. 손수 음식을 만들어서 생일상을 차리고 즐겁게 보내다 오신다.

다섯중에 한 회원의 아들은 이름만 대면 아하 하는 모 기업의 중역이다. 처음에는 아들의 콘도이용권을 자랑할 겸 생일 때 가자고 제의를 해 온 걸로 알고 있다. 순박한 분들이 이게 웬 호강이냐 싶어서 모두가 좋아하셨다.

십 오륙 년 전에는 어차피 집에서 생신상을 차린다 해도 며느리 딸네들이 음식을 만들기보다 당신들이 주방을 차지하는 일이 더 많으니, 나가서 생일을 맞는 게 어찌 보면 홀가분했을 수도 있다.

자식들도 선물 대신 현금을 드리면 좋아하신다. 생신 때마다 학교에 다니는 아이들을 데리고 와야 되나 마나 신경이 쓰이던 것이 해소되니 자식들도 은근히 좋아했다.

그러면서도 그 특별한 이벤트가 얼마나 가겠나 싶기도 했다. 공연히 한 두 해 그러다 말겠지 하는 생각도 들었다. 한 두 해도 아니고 여러 해 그렇게 생신 때마다 밖으로 나가면 자식들이 어머니 생신을 잊어버릴 수도 있지 않을까 걱정도 됐다. 그런 까닭에 처음 몇 해는 말리기도 했다.

"어머니, 그렇게 생신을 나가서 보내다 나중에 근력이 없어 집에 들어앉았을 때 새삼스럽게 생신상 안 차려 준다며 서운타

할 거예요?”

언제나 악역은 큰딸인 내 몫이었다. 친정어머니는 절대로 그럴 일 없다고 호언장담을 했다. 비단 우리 어머니만 그런 게 아니었다. 우리 어머니를 제외한 네 분들의 자제들도 똑같은 우려를 안고 아마 다그쳤지 싶다.

처음 몇 해 동안 생신이 돌아올 때마다 말리다 지쳤다. 이제는 생신이 돌아오면 어디로 가시느냐고 묻는다. 다섯 중 음력 구월 초순에 우리 친정어머니와 친구 한 분 생신이 하루 상간이다. 그래서 1년이면 네 번을 전국 각지의 콘도를 순회하며 여행을 다니신다.

가깝게는 양지콘도나 여주콘도, 수안보, 온양, 멀게는 지리산, 아니면 무주로, 설악산으로 두루두루 다닌다. 올해도 어머니 생신이 다가와 넌즈시 물었다.

“이젠 근력도 예전만 못하니 집에서 자식들과 보내세요.”

어림 반푼어치도 없다는 듯 설악산으로 간단다. 그것도 예년에는 주로 3박4일 일정으로 다녀왔는데 올해는 4박5일로 간단다. 아마도 내년을 기약할 수 없는 연세들이니 욕심을 부리는 것 같다.

모회사 중역 아들을 둔 친구 덕에 생신 때마다 여행 삼아 집을 떠나시는 즐거움 말고도 혼자 사시는 분 아파트가 아지트가 되어 일주일이면 삼 사 일은 숙식을 같이 하신다. 옛날 시집살이 하던 이야기며, 십원짜리 동전 가지고 민화투로 하루를 소일하는 재미로 사신다.

　항암제와 싸우던 날이 있었나 싶을 정도로 하루 24시간이 모자란다. 고마운 일이다. 이번에도 생신 이틀 전에 떠나신단다. 잠실 너구리상 앞에서 버스로 설악산 콘도까지 장거리 여행도 불사하신다.

　친정어머니의 특별한 생신 이벤트는 지금도 진행중이다. 어머니의 생신 이벤트 현재진행형이 지속되길 빌고 또 빈다. 감사의 편지를 선물로 드리고 왔다. 더없이 행복해 하신다. 친정어머니의 노년이 새삼 부럽다. 내게 그런 친구가 있는가 검색중이다

생전 처음 본 아이들

"올케, 나야, 나. 우리 아무개가 대학교에 붙었어. 단국대학교에 붙었다고……"

둘째 시누이다. 남편의 바로 손위 형님의 전화다. 기쁨에 찬 목소리가 바람결 나뭇가지처럼 흔들린다. 형님 내외도 배우지 못한 서러움을 나만큼이나 묻어두고 사는 분들이다. 그런 형님에게 큰딸 대학교 합격소식, 어찌 말로 다 표현할 수 있을까? 형님의 기쁨이 얼마나 크던지 바로 내게 전해졌다. 판검사 하는 어느 집 자식도 안 부러울 형님이다.

나는 자주 내 편에 서 주는 시누이 형님과 자잘한 일상을 스스럼없이 보고하며 흉허물없이 지낸다. 주변에서는 친동기간 같다며 모두 부러워한다. 때리는 시어머니보다 말리는 시누이가 더 밉다는 속담이 무색할 정도로 가깝게 지내니 그럴 만도 하다.

철딱서니없는 내가 먼저 시누이 올케 벽을 허물었는지도 모른다. 남편과 싸우기라도 할라치면 쪼르르 시누이 형님에게 달려가 미주알고주알 남편의 잘잘못을 고자질했다. 밉살스럽기도 했을 터다.

손아래 올케를 진정 사랑으로 덮어주던 형님이 나이가 들어갈수록 정겹고 고맙다. 형님이 내게 베푼 사랑이 진정 동생을 위한 사랑이란 걸 알지 못했다. 바보처럼 내가 잘난 줄 알고 버릇없이 굴었다. 그렇게도 속없는 내게 삶이 곤하다 싶으면 형님도 곧잘 속내를 드러내기도 했다.

"올케, 왜 하필이면 나였느냐고?"

끝내 억울하다는 형님의 어린시절이 못내 가슴 시리다. 그러나 형님의 억울한 속내를 어설프게 위로할 묘안이 떠오르지 않았다. 원리원칙에 준한 위로를 할 수밖에 도리가 없다.

"형님 편에서는 속상하겠지만 어머니 입장에서는 누굴 보내겠어요. 큰형님은 맏딸이니 안되지요. 동생들 챙기고 부엌일 거들어야 하잖아요. 아주버님은 아들이라 안되고, 우리 신랑은 아기라서 안 되니까 형님을 보낸 거겠지요."

시어머니 말씀은, 시아버님께서 보국대 끌려가시고 난 후, 혼자 어린 자식들을 키우고 살아가자니 너무 힘들었다며, 수양딸로 주면 배 곯리지 않고 호강시킨다는 말에 둘째 형님을 수양딸로 보냈다는 것이다.

예닐곱 살 먹은 형님은 수양딸로 간 집에서 엄마가 보고 싶다고 매일 울었다고 했다. 대문 앞에서 수양딸로 데려다 준 기름장수 할머니가 나타나면 붙잡고 엄마에게 데려다 달래려고 했다며, 당신의 명석한 두뇌를 자화자찬하면서도 못내 억울해 했다.

부모 형제간 서로 못 견디게 그리워하면서 살아야 할 운명이 아닌 게 다행이었다. 기름장수 할머니를 다시 만났고, 수양딸로 보낸 집에서도 너무 울어서 못 키우겠다며 돌려보냈다고 한다.

가난해서 가족과의 아픈 이별의 경험이 있는 형님이 가난한 연인과 결혼을 했다. 형님 내외는 생활력이 남다르게 강해서 빈손으로 시작한 살림을 절약과 성실이 바탕이 되어 번듯하게 일구었다. 남에게 손을 벌리지 않으니 남부러울 것이 없다.

그런 형님 내외분이 자랑스럽게 여기던 큰딸이 결혼하여 외손자를 낳았다. 만나는 이들마다 외손자의 일거수일투족을 거의 중계방송하다시피 했다. 말끝마다 그렇게 똑똑한 아이는 처음 본다는 소리를 약방에 감초처럼 달고 살았다.

요즘 아이들은 보고 듣고 접하는 것이 많아서 그런지 모두가 영악하고 똑똑하다. 하지만 형님 눈에 비친 외손자는 생전 처음 보는 아이다. 나중에 크면 진정 큰 인물될 것 같은 외손자, '처음 본 아이' 로 인해 형님의 삶은 한층 더 빛나고 행복해 보였다.

맨 위로 맏딸, 가운데 외아들 그리고 막내딸 3남매를 둔 형님은 3남매 모두를 출가시켰다. 막내딸이 오빠보다 먼저 출가했다. 막내딸의 외손녀를 본 형님은 또 다시 처음 본 아이 칭찬으로 침을 튀긴다. 앙금앙금 기어 다니는 외손녀가 눈치코치 다 안다는, 참말 그런 애는 다시 없을 듯 '처음 본 아이' 외손녀가 가져다 준 행복으로 형님은 생기가 난다.

그때는 나도 이미 친손녀를 본 탓이라 형님이 부르짖는 처음 본 아이에 어느 정도 익숙해졌다. 그 전에는 겉으로 드러내서 형님에게 반박하지 않았지만, 손자 자랑을 하는 형님이 참말 별스럽게 느껴졌었다. 나 역시도 형님 못지 않게 '처음 본 아이' 내 손녀를 자랑하는 재미로 행복해 할 때라서 형님의 두 번째이면서도 '처음 본 아이' 외손녀 자랑을 그냥 대수롭게 웃어넘길 수 있었다.

그렇게 형님은 황혼녘을 '처음 본 아이' 외손자와 외손녀 재롱에 마냥 행복한 나날을 보냈다. 외아들을 마지막으로 결혼시킨 형님은 친손주를 학수고대 기다렸다. 형님이 처음 본 아이가 가져다 주는 행복에 젖는 걸 삼신할미가 잠시 시샘을 부렸다. 친손주가 많이 늦어졌다. 외아들은 결혼을 한지 3년만에 태기가 있었다. 형님 내외는 친손주를 하루하루 기다렸다. 드디어 기다리고 기다리던 친손녀가 태어났다. 형님의 행복은 정점을 향해 달리고 있었다.

그러나 애석하게도 당뇨병으로 시달리는 형님을 남겨두고, 형님보다 건강하다고 믿었던 고모부께서 세상을 달리하셨다. 아직은 손주들의 재롱을 보며 행복하게 사실 나이다. 인생은 육십부터라는데, 육십을 넘긴지 불과 5년되 못되어 아쉬운 나이에 생을 접었다.

서둘러 먼 길을 재촉한 그 분이 못내 안타깝다. 내 마음이 이러할진대 내외간 정이 돈독하셨던 형님 마음이야 오죽하랴 싶어진다. 얼마 전에 외로워하실 형님을 일삼아 찾아 간 적이 있다. 고모부와 작별한지 그리 오래지 않았는데 형님은 많이 수척해졌다.

그 때 따르릉 걸려온 전화로 형님의 얼굴에 환한 미소가 번진다. 첫돌을 넘긴지 겨우 대 여섯 달이 지난 친손녀와 길게 통화중이다. 이제 말을 배우느라 콩이야 팥이야 종알거리는 손녀에게 친절하게 대꾸하는 형님의 입가에 행복이 넘실거린다.

네 명의 손주중 유일한 친손녀다. 형님은 여전히 '처음 본 아이'라고 거짓말같은 참말을 한다. 말귀를 다 알아듣고, 어지간한 의사표현을 다 한다는 친손녀, 이렇게 똑똑한 아이는 생전 처음 본단다. 형님의 또 다른 처음 본 아이, 친손녀로 하여금 형님의 남은 생이 더없이 행복하리라.

세탁기 빨래

건조대에 널린 빨래들이 우중충하다. 자세히 보니 우리 식구들의 허물이 분명하다. 드러난 몰골들은 정말 눈 뜨고 못 봐주겠다. 내가 세탁한 빨래들은 무색이 제 빛깔을 벗어난 적이 없었다.

그런데 이게 웬일인가? 밝은 색상 옷들이 거무튀튀하다. 내 티셔츠 색깔이 분홍빛이었다고 애써 우겨본들 소용이 없다. 얼토당토않은 색으로 변해 있었다. 아이들이 벗어놓은 흰 양말도, 남편의 속옷도 칙칙하기 이루 말할 수 없다. 마치 걸레를 널어놓은 것 같다.

순간적으로 화가 머리끝까지 치밀었다. 언성을 있는 대로 높였다. 누가 이것도 빨래라고 해서 널어놨느냐고 버럭 소리를 질렀다. 남편이 몹시 겸연쩍은 듯 뒷머리를 긁적인다.

"세탁기 한 번 돌려 봤는데, 큰애 청바지에서 물이 빠졌나 봐."

목소리 톤이 평소의 절반도 못된다. 카리스마가 넘치던 쩌렁하던 목소리는 어디 가고 어울리지 않게 속삭인다. 언제 그렇게 다정하고 여린 모습을 내게 보여 준 적이 있었던가 생각하니 화가 더 치밀었다.

내가 직장을 다니던 시절이 불현듯 생각났다. 두 살 터울로 중고등학교에 다니는 두 아들의 도시락을 두 세 개씩 싸던 때였다. 아침시간을 콩 튀기듯 설쳐대지 않으면 내가 할 일만 고스란히 쳐진다.

나는 펜대를 움직이거나 컴퓨터 자판을 두드리는 전문직 고급인력이 아니었다. 비록 생산직에서 일을 했지만, 직장을 다니는 여자로서 기본예의는 갖추어야 했다. 얼굴에 가벼운 화장은 선택이 아니라 필수라고 생각했다. 집안 청소도 해야 하고, 급하게 세탁기도 돌려야 한다. 세탁기로 빨래를 한다 해도 쉬운 일이 아니다. 세탁물을 분류해서 돌려야만 한다. 흰옷과 밝은색 세탁물, 면 종류 세탁물을 따로따로 구분해서 돌린다. 짙은 색상 옷들과 양말은 함께 돌린다. 그렇게 옷감 재질과 색상을 구분해가며 세탁기를 돌리자니 시간이 많이 걸린다.

그러나 그 정도 수고만 해도 속옷들을 매번 삶지 않아도 제 색깔을 한 동안 유지한다. 주부가 낮시간에 집에 없으니 아침 저녁에 세탁기를 돌린다. 자연히 남편이 집에 있는 아침저녁에 세탁기가 돌아간다. 세탁기 소음이 나라고 듣기 좋은 건 아니다.

이른 새벽이나 밤중의 세탁기 소음이 당연히 경쾌할 리 없다. 듣기 싫은 건 나도 마찬가지다. 하지만 주부가 직장을 다니는 동안은 어쩔 수 없지 않은가? 어느 날 남편은 밤중에 세탁기를 돌린다고 벼락같이 성질을 냈다.

"거, 세탁기는 꼭 밤에 돌려야 해?"

늦은 밤시간의 세탁기 소리, 짜증나고 듣기 싫단다. 낮에 밖에서 언짢은 일이 있었는지 자칫 싸울 태세다. 불같이 꼬인 남편 성질을 건드려 보아야 좋을 거 없어서 참았다. 빨래는 해야 되는데 저 혼자 신나게 돌아가던 세탁기의 멈춤 버튼을 눌렀다. 말없이 그냥 참고만 있으려니 속이 오뉴월 두엄 썩듯 곯아 뭉그러졌다.

살면서 크게 잘못한 것도 없으면서 참았던 적이 한 두 번이었던가? 하지만 그 때를 생각하니 잠자던 부아가 치밀어 올랐다. 요번에야말로 제대로 복수할 기회라고 생각했다.

"흥, 그 동안 여자들 하는 일이라고 한없이 얕잡아 보았지? 빨래는 세탁기 속에다 마구 집어넣고 단추만 누르면 다 되는 줄 알았지? 밥도 전기밥솥 단추만 누르면 저절로 밥 먹어라 그러는 줄 알았지? 마누라는 밥이나 축내는 식충인 줄 알았지……."

작은아이가 옆에서 말리지 않았다면 끝도 없이 엮어 내렸을 후렴구같은 잔소리를 속사포로 퍼부어댔다. 십년 묵은 체증이 뻥 뚫리는 것처럼 속이 후련했다.

"엄마, 아빠가 엄마 일을 도와주려고 세탁기 돌린 거잖아요. 그거 인정하시고 이제 그만 하세요."

그러다 자칫 부부싸움으로 번질까 싶었는지, 아니면 엄마가 아빠를 너무 몰아세우는 것처럼 보였는지도 모른다. 가재는 게 편이라더니, 두 아들 녀석은 커가면서 자주 아빠 편에 서 있다. 어려서는 무조건 엄마만 좋다던 녀석들이 컸다고 사리판단을 공정하게 하려 든다. 까닥 잘못 처신해서 따돌림을 당하기도 했다.

속으로는 남편이 이제 철이 좀 드나 보다고 내심 고맙기도 했다. 그렇지만 고맙다고 넙죽 절을 하기에는 왠지 억울했다. 그 동안 형편없이 구겨졌던 자존심을 너무 쉽게 펴 보이는 거 같았기 때문이다.

내가 처음 직장을 다닌다고 했을 때 남편은 별로 탐탁하게 생각하지 않았다. 한 푼 벌어다 주면 밥 해먹고, 두 푼 벌어다 주면 떡 해먹으라던 고지식한 사람이다.

그러나 나는 식상한 밥이나 떡 말고, 남들처럼 근사한 외식도 해가면서 멋지게 살고 싶은 얄팍한 계산으로 직장을 다니겠다고 억지를 부렸다. 그런 까닭에 힘들다는 소리도 못하고 혼자 동당거릴 때였다.

이참에 분명하게 각인시킬 필요가 있었다. 집안에서 주부가 하는 일이 남편이 생각하는 것처럼 결코 쉽지만은 않다는 것을, 아무리 전자시대라지만 버튼 하나로 모두 해결되는 것이 아니라는 것을, 하루 종일 매달려도 표나지 않는 주부의 역할이 그리 만만치 않다는 것을 확실히 깨닫게 하고 싶었다.

"이제 내가 직장 다닐 때, 왜 아침에 또 저녁내 길게 세탁기를 돌렸는지 알겠지요. 색깔별로 재질대로 구별해 가며 세탁기를 돌려야 한다고요!"

남편은 여전히 머리만 긁적인다. 한꺼번에 다 집어넣고 버튼만 누르면 되는 줄 알았다고 했다. 쌓여진 세탁물을 보고 당신 딴에는 아내를 도와주려고 안하던 짓을 했으니 결과가 뻔했던 것이다. 생긴대로 한꺼번에 다 집어넣고 꾹꾹 버튼을 누른 후 나타난 결과에 짐짓 미안해 했다.

예전에 들은 이야기다. 어머니께서 한 빨래는 깨끗한데 딸이 하는 빨래는 깨끗하지 않았다. 돌아가려고 숨이 넘어가는 어머니를 붙잡고 빨래하는 비법을 알려달라고 했더니 빨래 방망이로 두드리라고 했다는 이야기가 생각난다. 세탁기 빨래도 노하우가 있음을 남편에게 일장 연설을 했다. 아내 등급이 한 등급 올라가는 짜릿한 순간이었다.

아줌마

그녀는 존경하는 인물중에 한 사람이다. 촌수보다는 정으로 더 가까운 친척으로, 나이는 나보다 불과 네 살 위다. 항렬을 따져서 부르기보다 그냥 아줌마라고 불렀다. 어린 시절 살았던 지명을 붙여 00리 아줌마라고 지금까지 그렇게 부른다. 아줌마의 삶 자체를 제대로 들여다 본 이후로는, 어린 시절 존경하는 인물을 물어오면 물색도 모르고 위인들 이름을 남발했던 것이 새삼 부끄럽다.

아줌마는 얼굴에 심한 화상을 입었다. 친정어머니께 들은 바로는 어려서 화롯불에 화상을 입었다고 했다. 대청마루 끝에 아궁이에서 이글거리던 화롯불을 담아다 놓았는데, 마루를 기어 오르다가 손을 헛짚었다는 것이다. 그만 화롯불을 얼굴에 뒤집어썼다는 거였다.

얼른 어른들 눈에 띄지 않은 탓도 있지만, 시골사람들의 무지하고 궁핍한 살림에 화상 치료를 제대로 하지 않았다는 거였다. 희멀건 오른 쪽 눈은 실명한 것처럼 보인다. 왼쪽 뺨이 조금 성할 뿐 얼굴 전체가 흉하게 일그러졌다. 아줌마를 알고 있는 사람들은 아줌마가 듣지 않는 곳에서는 덴둥이라고 부른다.

어린 시절, 딱히 일가친척이 많지 않은 우리 형제들은 방학 때마다 친정아버지의 고모인 할머니 댁을 가지 못해 안달을 부렸다. 그때나 이때나 꼬마 손님이 더 무섭다고 친정어머니는 잘 보내주지 않았다.

어쩌다 떼를 써서 고모할머니 댁을 방문하면 그 아줌마가 그렇게 친절하게 맞아 줄 수가 없었다. 친절한 정도가 아니다. 괴기스러울 정도로 생긴 아줌마는 들까부는 정도가 심하다고 생각될 만큼 촐랑거렸다. 즐겁게 대해주려 애썼다. 구김살이라고는 찾아 볼 수 없었다. 오히려 촐랑거리고 까불어대는 모습이 민망스럽기까지 했다.

어떻게 저런 얼굴로 저렇게 나대고 싶을까? 어린 내 소견에 좀처럼 이해가 되지 않았다. 고모할머니는 그러는 아줌마에게 언제 철이 들겠냐며 수시로 종주먹을 들이대며 안타깝게 생각했다. 옆에서 보기에도 할머니의 말이 당연한 것처럼 들렸다. 정말 철딱서니라고는 하나도 없어 보였다. 어린시절 이후로도 아줌마를 만날 수 있는 기회는 수시로 있었다.

20대 초반이었을 때다. 한 번은 아줌마의 결혼한 큰언니 집에 놀러 갈 기회가 있었다. 아줌마는 그때 결혼한 큰언니 집에서 기거하고 있었다. 아줌마가 거울을 보며 화장을 하고 있었다. 큰

아줌마의 조카아이가 낯설게 보인다는 듯 화상으로 일그러진 이모의 화장하는 얼굴을 유심히 들여다보고 있었다.

엷은 화장을 갓 시작한 내가 보기에도 두텁게 화장하는 아줌마의 모습은 마냥 낯설고 이상하게 보였다. 아줌마는 파운데이션을 두껍게 펴 바르고 두드리기를 반복했다. 찍어 달려 비틀어진 눈썹을 고정시키듯 윤곽을 잡아서, 그리고 입술에는 붉은 립스틱을 진하게 바르고 있다.

조카아이는 구경거리인 듯 곁으로 바짝 다가가 이모 얼굴을 빤히 올려다 보았다. 나도 곁에서 말없이 지켜보고 있었다. 화장에 열중하던 아줌마가 드디어 입을 열었다.

"마지야, 이모가 화장하는 거 우습지? 병신 꼴값 떠는 거 같이 보이지? 이모도 알아. 이모 얼굴이 흉하게 생긴 거 알아. 이모가 예뻐지려고 화장하는 것처럼 보이지? 그건 아니야. 예뻐지려는 거 절대 아니야. 이모 얼굴을 쳐다보는 사람들에게 덜 혐오스럽게 보이라고 화장하는 거란다."

아울러 푸념같은 속내를 실실 웃어가며 내게 풀어 놓는다.

"조카도 알지? 우리 엄마가 촐랑댄다고 나를 구박했던 거. 엄마가 나 때문에 마음 상하고 우는 거 그게 싫었어. 엄마 마음 아프게 하는 게 싫었어. 남들한테 동정 받는 것도 싫었어. 그래서 일부러 까불대고 촐랑거렸어. 그러면 나를 바라보는 사람들의 마음이 오히려 편할 거 같았어. 앞으로도 이렇게 까불고 살 거야."

초등학교 저학년이던 조카아이는 머쓱해 했고, 곁에 있었던 나도 얼마나 미안하고 부끄러웠는지 모른다. 뭐라고 위로를 해야 하나? 어줍지 않은 위로는 차라리 독이 될 거 같아 그냥 웃었다. 여자 얼굴은 반 사주팔자라고 했는데, 그 아픔을 삭이며 저렇게 초연하게 말하는 아줌마가 성자처럼 거룩해 보였다.

그뿐만이 아니었다. 혼기에 처한 아줌마에게 들어오는 혼담은 악조건을 수반한 후처 자리가 아니면 장애를 가진 남자가 대부분이었다. 외모가 조금 다르다고 정신마저 장애자인양 착각하는 이들에게 아줌마는 한 마디로 거절하곤 했다.

'나 그렇게 만만하게 생각해도 되는 사람 아닙니다. 얼굴에 장애가 있다고 평생 정신적 고통을 안고 살라고 하면 너무 가혹하지 않나요?'

이후 누구도 아줌마에게 허튼 자리에 중매를 하겠다고 나서지 않았다. 이런 일도 있었다. 아줌마가 어느 기관에서 직장생활을 할 때였다. 보일러공으로 일하는 백인 혼혈아 청년이 있었다. 부모와 함께 살지 못하는, 삶의 내력이 험난한 청년이었다. 그 청년이 프러포즈를 했던 모양이다.

'외로운 사람끼리 서로 위로하며 살자고' 간곡하게 프러포즈를 했음에도 단호하게 거절했다고 내게 말했다. 외모로 보여지는 다른 장애, 혼혈아와 혐오스럽게 일그러진 덴둥이와의 결합은 불나비같은 무모한 사랑이라고, 위험을 무릅쓰고 불속으로 뛰어드는 사랑이라고 말했단다.

서로 마음 다독여주고 사랑하고 살면 문제가 될 거야 없어 보이지만, 얼마나 많은 인내가 필요한지를, 평생 안고 가야 할 인고를 감당하기 어렵다고 했단다. 혼혈아 청년이나 덴둥이 아줌마가 헤쳐 나가기는 힘든 여정이라고 혼혈아 청년에게 아주 정중하게 거절했다고 말했다.

혼혈아 청년은 나도 본적이 있었다. 잘생긴 외국인처럼 보였다. 영어보다 한국말을 더 잘하는 게 신기해 보였다. 언뜻 생각하면 외롭고 불쌍한 사람들끼리 쉽게 동요될 소지도 있다. 그런데도 아줌마의 행동은 심지가 깊었다. 나는 그때 삿된 감성을 바르게 자제하는 이성을 배웠는지 모른다.

아줌마의 마음 씀씀이보다 더 중요한 사연은 따로 있다. 작은 분식집을 운영하기도 했고, 직장생활을 하기도 하면서 막내 여동생과 조카들을 공부시켰다. 특히 막내 여동생은 부모님이 일찍 돌아가셔서 부모 사랑도 못 받았다며 엄마처럼 지극정성으로 챙기며 끝까지 공부를 시켰다. 그리하여 고등학교 선생님이 되었다.

언니의 수고로움을 잊지 않고, 언니의 일생의 반려자로 자처하고 막내 여동생은 결혼을 하지 않았다. 아줌마는 막내 동생에게 신경을 쓰지 않아도 되니 결혼하여 행복하게 살라고 거듭 거듭 부탁했다.

그러나 막내 동생은 언니를 두고 결혼하면 자기생활에 치우쳐서 언니의 은혜를 저버릴 거 같다며 한사코 결혼을 하지 않았다. 두 자매가 수도자처럼 정결하게 50대 중후반을 살고 있다.
동생의 월급이 언니 통장으로 입금된다는 이야기를 얼마 전에
만난 아줌마로부터 들었다. 가슴 언저리가 몹시 시렸을 아줌마
가 거룩해 보였다.

야채장사 할머니의 철학

　　나는 최근에 친정 동네로 이사를 왔다. 친정어머니를 가까이서 수시로 뵈니 이만한 행복도 드물지 싶다. 결혼하여 시댁 가까이에서 30년 넘게 살다 왔으니 남편도 크게 억울할 건 없을 줄 안다. 팔순을 바라보는 친정어머니가 살면 얼마나 더 사실까 염려가 되어서라고 거짓 고백을 한다.

　　남들이 들으면 꽤나 효녀인 줄 착각할지 몰라 내심 찔린다. 부모에게 자식은 환갑을 먹어도 어린애로 보인다더니, 옛말 그릇된 거 한 가지도 없는 것 같다. 바지런하고 정정하신 어머니에게 여전히 잡다한 도움을 받으며 산다.

　　내가 살고 있는 동네에는 얼마 전까지 재래시장이 있었다. 주변에 대형 마트가 수없이 생겨나더니 재래시장은 곤두박질치고 급기야 철거를 하는 지경에 이르렀다.

　　친정을 드나들면서 상권이 활발했던 황금 시기도 보았다. 철거를 마친 재래시장 자리에 대형빌딩을 짓느라 레미콘 차량이

수없이 드나든다. 높다랗게 담벼락을 쳐 놓고 공사를 한다.

담벼락 옆에 할머니 한 분이 노점에서 야채를 팔고 있다. 미루어 짐작하는대 재래시장에서 오랫동안 야채장사를 하던 할머니가 맞지 싶다.

가끔 그 곁을 지나칠 때가 있다. 할머니는 팔순은 족히 넘어 보인다. 어금니는 물론 앞니도 부실해 보인다. 입가에 쪼글쪼글한 주름이 동화 속에 나오는 팥죽할머니같다. 손가락 마디마다 검게 찌든 땟물은 살속까지 배었다.

할머니를 보면, 저 나이까지 노점상을 해야 하는 그 삶이 안타깝고 서글프게 느껴졌다. 어느 때는 제법 싱싱한 야채가 진열되기도 하지만, 대부분 시들거나 썩어 버려질 야채가 허다하다.

양파 자루며, 무 배추망이며, 호박, 고추, 오이, 가지, 고구마, 감자 등 할머니가 다루기가 힘겨운 야채 자루다. 일일이 간수하거나 물건을 해오는 등 기력이 쇠잔한 할머니가 혼자 건사하기는 많이 힘들어 보였다. 걱정도 팔자라더니 누가 어떻게 도와 주는지 늘 궁금하다.

도대체 할머니의 가족들은 뭐 하는 사람들일까? 오지랖 넓게 괜히 부아가 치밀기도 했다. 이제는 집에서 자식들 효도를 받으며 손자 손녀 재롱은 물론 증손자를 보고도 남을 법한 할머니 연세가 더없이 남루하고 측은해 보였다.

나는 필요치도 않은 야채를 지나는 길에, 혹은 일부러 할머니 노점상에서 사기도 했다. 싸면 싼대로, 비싸면 비싼대로 사

들고 오면서 제때 팔지 못해 썩어나가는 야채들이 아깝다는 생각보다는 공연히 화가 치밀었다. 이윤을 보자는 장사인데 아무리 생각해도 밑질 것만 같았다.

할머니는 때가 꼬질꼬질한 이불자락에 기대어 졸고 있을 때가 많았다. 잔뜩 웅크리고 눈을 감고 있는 모습이 어느 때는 돌아가신 모습처럼 가련해 보이기도 했다.

어느 날, 지나는 길에 별로 필요치 않은 야채를 샀다. 마음먹고 궁금증을 풀어볼 심사였다. 할머니께 다가가 조심스럽게 물었다.

"할머니, 야채 팔아서 한 달에 얼마나 버세요?"

"내가 돈 벌라고 장사하는 줄 알아?"

할머니는 자배기 깨지는 소리로 대꾸한다.

할머니의 엉뚱한 대답에 나는 몹시 당혹스러웠다. 이문을 남기자는 장사인데, 할머니의 황당한 대답을 어떻게 해석해야 할지? 무슨 연유로 사서 고생을 하는지 감을 잡지 못했다. 그러고 보니 할머니는 한 번도 손님을 부르지도, 반갑게 맞아들이지도 않았던 거 같다.

할머니 방식대로 장사를 했다. 무더기 무더기 바구니에 채소를 담아 진열해 놓는다. 그리고는 앉으면 앉은자리에서, 누우면 누운 자리에서 물건을 사갈 손님에게 봉투에 담아가라고 한다. 완전 셀프였다. 배짱으로 장사를 하나 싶을 정도였다.

"할머니, 돈 벌려고 하는 장사인데 왜 남지도 않는 장사를 힘들게 하세요?"

"집에 우두커니 있으면 뭐 해? 여기 나와서 사람 구경하면 되지. 한 달에 백 오십만 원만 밑지면 남는 장사야."

수수께끼같은 말씀에 어떻게 대처해야 할지 난감했다.

"할머니, 한 달에 백 오십 만원이 남아도 신통치 않은데, 백 오십 만원만 밑져도 남는 장사라니요?"

"아, 치매 걸려서 노인병원에 입원해 봐. 병원비가 최하 백 오십만 원이야. 치매병원에 입원하면 자식들도 고생하고 길바닥에 뿌리는 돈은 또 얼마나 되는 줄 알아? 밑져도 상관없어. 어찌 되든 남는 장사야."

지극히 철학적인 계산이었다. 뒤통수를 되게 얻어맞은 기분이다. 장사에 이골이 난 할머니께서 아무려면 밑지는 장사를 하실까라고 생각하기엔 썩어나는 야채들이 너무 많아 질문한 내가 무색할 우문현답이다.

치매로 병원에 입원하여 병원비로 들어가는 돈 만큼만 밑지면 남는 장사라는 할머니의 철학이 위대해 보였다. 경로당에 가서 죽치고 있는 것보다 천직으로 알고 하신 야채장사를 쉽게 그만 둘 수가 없다고 한다. 할머니의 사정을 이해하는 사람들이 많단다. 주변 식당은 물론 단골도 꽤 있다고 하신다.

할머니의 깊은 속을 모르고 이사온지 얼마 안된 뜨내기 손님 주제에 오지랖넓게 걱정을 했으니 나를 얼마나 가소롭게 여겼을까? 지가 인생을 얼마나 안다고 주접을 떨었으니 쥐구멍이 어디냐 싶었다.

　노인성 치매는 결코 호락한 병이 아니다. 자손들 누군가 하루 24시간 붙어 앉아 간호를 해도 가족들간 불화가 끓이지 않는 병이다. 잘 모시네, 못 모시네 형제간에 얼굴을 붉히는 게 다반사인 병이다. 내 집, 네 집 따질 것 없는 무서운 질병이다. 내남없이 언제 들이닥칠지 모를 노인병이다. 할머니처럼 자신을 이기고 헤쳐나가는 철학이 없는 한 누구도 장담할 수 없는 병이다.

　이래서 사람은 죽는 날까지 배우며 사는 거구나. 야채장사 할머니에게 교훈 하나를 거저 배웠다. 답례로 파 한 뿌리도 할머니에게서 사야겠다고 얄팍한 계산을 해보는 나는 언제쯤 철이 들까? 할머니의 철학은 얼마짜리인가, 물으면 또 뭐라 하실까?

어떤 비애

아내가 대학교에 합격했다며 축하잔치를 열어 달라고 노골적으로 부탁을 한 남편이다. 잔치 비용은 남편이 내 놓은 거나 마찬가지였다. 부녀회, 청년회에 약간의 기부금을 내 놓았다는 말을 나중에 들었다.

나는 잔치가 치러지는 날까지 그런 저런 내막을 전혀 눈치 채지 못했다. 느닷없이 시댁 마을 부녀회 총무가 아무 날 와서 국수를 먹으라는 기별을 해왔다. 남편의 고향 변방에 사는 나는 뜬금없는 소리에 망설였다. 꼭 오라고, 꼭 와야 한다고 못을 박는다. 정말이지 아무런 영문도 모르고 갔다. 그런데 마을 입구에 들어서자 난데없는 플래카드가 걸려 있었다.

〈축 아무개 씨 부인 아무개 여사 모 대학 00과 합격〉

행간에 50대라는 숫자를 형광색으로 유치할 정도로 찬란하게 꾸몄다. 여간 당혹스럽지 않았다. 남편에게 어떻게 된 거냐고 물었다. 그때서야 남편이 어눌한 표정을 지으며 말했다. 고향청년회에 아내가 대학교 합격했다는 소식을 전했다는 것이다.

그때서야 시댁 동네 아이들이 대학교에 합격하면 〈축 아무 개 모 대학 합격〉이라는 플래카드가 내 걸렸던 생각이 났다. 몇 해전 박사가 나왔다는 플래카드가 나부껴도 국수잔치를 했는지 기억이 없다. 도깨비에 홀린 듯해서 재차 남편에게 어떻게 된 영 문이냐고 물었다. 만학도 대학 합격은 처음이라 잔치를 하는 거 라고 둘러댄다.

여간 쑥스러운 자리가 아니다. 그러나 잔치는 거창했다. 부 녀회, 청년회, 노인회, 시댁 형제들 이름으로 꽃다발과 난 화분 등을 선물했다. 당혹스럽기 짝이 없었다. 남편이 생각해낸 깜짝 이벤트였는데, 나만 까맣게 몰랐다. 평소 숫기없는 남편이 이벤 트를 준비하느라 신경깨나 썼다.

지역 국회의원까지 참석을 했다. 격려사로, 젊은이들에게 귀감이 되는 좋은 본보기라고 칭찬을 아끼지 않는다. 지역 신문 사 기자가 사진을 찍는 것도 몰랐다. 여간 불편한 자리가 아니었 다. 인터뷰를 요청해서, 정말 아무 것도 아니라고 한사코 손사래 를 쳤다.

그러나 남편의 눈빛은 달랐다. 나는 남편이 왜 이런 자리를 마련했는지 잘 알고 있다. 남편은 시간이 나면 책 읽기에 몰두했 다. 딱히 교양을 고양하려는 취지로 책을 읽는 건 아니다. 그러 나 확실한 건 사회생활을 하면서 배움이 모자라 알게 모르게 비 웃음을 당했던 갈증을 해소하려는 모습이 언제나 역력했다.

하지만, 우리 집 사정이 남편이 모든 걸 툭툭 털어내고 학업의 울타리 속으로 진입할 형편이 못되었다. 남편의 마음 한구석에는 학교라는 테두리 안이 그리운 아픔이 꽁꽁 숨어 있었다. 그 마음을 나는 누구보다 잘 안다.

남편의 마음중 가장 자신있게 읽을 수 있는 부분이다. 남편과 살면서 이런저런 이유로 티격태격 싸우는 일이 많다. 하지만 못 배운 서러움에 직면하면 남편과 나는 더없이 너그러워진다. 그때마다 서로는 순한 양이 되어서 대화의 폭을 넓혀가던 같은 아픔이 있다. 평소 남편에게 필요 이상으로 넘치던 카리스마는 찾아 볼 수가 없다. 내 모습 또한 지고지순한 아낙이 되어 조신해지는 이중성은 완전히 이방인의 모습이다.

남편은 내가 공부를 하고 싶다는 의사를 밝혔을 때 일언지하 허락해 주었다. 그러나 우리 집 사정은 내가 유유자적 공부를 하겠다고 나설 형편은 못 되었다. 삶의 질곡이 험난하여 어렵사리 장만한 집을 처분하고 다시금 집 장만을 하지 못했던 시기였고, 아이들 공부도 끝나지 않은 상태였다.

오랫동안 다니던 직장을 그만두고 전업주부로 있었다. 회사 사정이 어려워져서 문을 닫았기 때문이다. 그런 마당이니 대학생은 언감생심 꿈에서조차 생각지 않았다. 아울러 학업을 계속해서 무엇이 되고자 하는 욕심 따위도 없었다. 그냥 목메게 원했고, 꼭 한번 다니고 싶었던 중학교, 중학생이 되고 싶었을 뿐이다.

다행히 배움에 목말라 하는 언니와 누나들의 한을 풀어 주는, 송파구 장지동에 있는 한림중고등학교가 집에서 통학할 수 있는 거리에 있어서 가능했다.

그렇게 나의 학교생활은 시작되었다. 모두가 제 나이에 학교를 다니지 못한 주부 학생들이다. 내가 중학생이었을 때는 대개가 사십 대 후반, 오륙십 대, 아주 드물게 칠십 대 고령의 할머니 학생도 있었다. 모두가 같은 아픔을 공유한 만학도 주부 학생이다. 그러기에 부끄러울 것도 없었다.

딱히 성적에 연연하지 않아도 되었다. 중학생이 될 수 없었던, 그리고 고등학생이 될 수 없었던 한풀이만으로도 충분히 행복했다. 수업시간에 열심히 듣고 배웠어도 돌아서면, 책장을 덮으면 잊어버리는 나이들이다.

선생님이 질문을 하면 안 배웠다고 깔깔대고 우기던 행복한 학생이었다. 애써 가르쳤는데 모른다고 시침을 떼는 늙은 학생을 다그치며 야단치는 선생님도 없었다. 학생이라는 사실만으로도 행복했던 학교생활이었다.

말 그대로 한풀이에 불과한 공부였다. 그럼에도 불구하고 남편은 하는 김에 대학교까지 다니라고 격려를 해 주었다. 나는 그 말을 믿고 용기를 내었다. 만학도 특별전형에 원서를 제출했다. 면접시험 등 최선을 다했고, 운이 좋아서인지 덜컥 합격을 했다. 정말 기뻤다. 그렇게 힘들고 어려운 가운데 나는 지천명을 훨씬 넘기고 여대생이 되었다.

기쁨도 잠시였다. 입학 한달 후 친정어머니가 위암 말기환자로 판명이 났다. 학교와 병원으로 동동거리며 바쁘게 다녔다. 병든 어머니를 놓고 형제간에 경제적 어려움을 비롯하여 병간호 등으로 심한 갈등이 있었다. 많이 힘들었다. 휴학을 하고 싶을 만큼 애타는 상황이 계속되었다.

대학생으로 거듭나기에는 그 정도 어려움은 약과에 불과했다. 남편이 하던 사업이 그만 부도가 나고 말았다. 경제적 상황은 최악에까지 갔다. 학교를 그만 다녀야 할 위기에 처해 있었다.

그런데도 남편은 한사코 자퇴는 물론 휴학마저 허락하지 않았다. 얼마나 염원했던 학업의 꿈이었는데, 자식을 통한 대리만족 이상의 대리만족을 하는 남편이었다. 그가 행복해 하는 모습을 여러 번 보았다. 나 역시 내 인생에 한 획을 긋고 싶다는 생각은 변함이 없었다. 때문에 자퇴나 휴학을 반대했던 남편의 말을 못이기는 체 허락했는지 모른다.

등록금을 제 날짜에 낼 수 없을 때도 있었다. 나는 젊음을 만끽하는 어린 학생들이 한가하게 즐기는 틈새를 노렸다. 결석은 물론 지각도 하지 않았다. 과제물 날짜를 어기는 법도 없었다. 능력의 한계까지 최선을 다했다. 그 결과 일등과 이등을 연거푸 한 적이 있다. 외부 장학금을 받아 학비에 보태기도 했다.

만학도의 장학금은 젊은 학생들의 지탄의 대상이다. 하지만 내 사정은 그런 저런 눈치를 볼 겨를이 없었다. 그러나 드러내 놓고 자랑하며 좋아할 성적은 못된다. 젊은 학생들과 똑같이 실력을 겨루었다면 어림없는 결과라는 걸 나 자신이 너무나 잘 알기 때문이다.

그래도 최선을 다했다는 기쁨은 이루 말할 수 없다. 시댁 식구들이 모인 자리에서 일등을 해서 장학금을 받았다고 했다. 격려의 말을 누가 하기도 전에 조카며느리가 대뜸, 교수님들께 얼마나 밥을 많이 사드렸으면 작은어머니가 일등을 하셨을까, 농담처럼 던지는 말일지라도 형편없는 실력으로 추락한 느낌은 물벼락을 맞은 것처럼 서늘하게 들렸다.

정말 밥이라도 한 번 사드리고 싶을 만큼 고마운 교수님들도 있었다. 나이 들어 힘들게 공부한다며 격려해 주시던 교수님께 고맙고 감사하고 미안했던 적이 한 두 번이 아니다. 그러나 주머니 사정은 학교를 다니는 내내 형편없이 가볍고 가벼웠다. 혹시라도 밥을 사야 하는, 차 한 잔 나누어야 하는 사정이 생길까 봐 지레 겁을 냈다. 언제나 바쁘다는 핑계를 달고 살았다. 수업이 끝나기 무섭게 집으로 직행하던 불편한 마음이었다.

이렇듯 서럽고 힘들고 고달프게 공부한 결과였는데, 무참하게 짓밟혔다고 생각하니 기가 막혔다. 그런 것이 아니라고, 내 경제사정이 그럴 여력이 없었다고, 정말 열심히 공부했노라고, 그래서 얻어진 결과라고 변명조차 할 수 없었다. 이미 내 자존심은 박살이 나버린 뒤였다.

어린 시절 가난해서 할 수 없었던 공부, 나이 들어서 정말 힘들고 어렵게 한 공부였다. 나름대로 최선을 다했지만 찬란한 결과는 기대하지 않았다. 그러나 패잔병이 되어 시체처럼 나뒹구는 것은 용서할 수 없었다.

다시 한 번 이를 악문다. 눈물의 졸업장이 될지언정 끝까지 포기하지 않겠다. 졸업식 날, 가슴엔 뜨거운 눈물이 흐를망정 소리 내어 크게 웃어 보리라. 남편 머리 위에 영광의 학사모를 기필코 씌워 주리라.

예수님의 직업

어린 시절부터 보고 기억하던 직업들 가운데는 이미 존재하지 않는 것들이 무수히 많다. 방물장사 아줌마의 보따리에는 옷가지와 귀이개나 사소한 장신구 등 없는 게 없어 보였다. 방물장사 아줌마가 산골마을에 오면 괜히 신이 나서 따라다니기도 했다. '뚫어, 뚫어' 하며 골목마다 징을 치고 다니며 굴뚝을 청소해주던 직업도 있었다. 물자가 귀한 시절 헌 양은그릇을 때워 주는 땜장이도 있었다.

이런 직업들은 춥고 배고픈 고개, 보릿고개 애환이 서렸던 60년대 이전 직업들이다. 지금도 간혹 있긴 하지만 물건을 배달해주는 지게꾼도 있었다. 지금은 대규모 택배회사와 퀵 서비스가 대신한다. 가전제품, 서적, 심지어 의약품, 보약까지 할부 판매하던, 일일이 열거할 수 없는 수많은 직업이 사라지고 새로운 직업이 다시 생겨난다.

정신노동이든 육체노동이든 노동의 대가가 빵과 밥으로 연결된다면 그것이 어떤 험난한 작업이라도 직업이라고 말할 수 있다. 내 남편의 직업은 넓게 말하면 건축하청업자요, 세부적으로 분류하면 목수다. 그러나 신혼 초 남편의 직업을 누가 물어오면 선뜻 대답하지 못했다.

우리는 중매로 결혼했고, 중매쟁이는 남편 직업을 인테리어 업자라고 고급화시켰다. 결혼과 동시에 시댁에서 직업과 연관된 가게를 차려 줄 거라고 호언장담했다. 적어도 나는 인테리어업자 사모님 자격이 주어졌다고 생각했다.

그러나 결혼과 함께 환상이 무너졌다. '노가다'라고 낮춰 부르는 걸 알지 못했다. 두 아들을 데리고 시장에 장을 보러 갔다가 무심코 올려다 본 건축현장, 그 꼭대기에서 일하는 남편과 눈이 마주쳤다. ·

짧은 눈맞춤이었다. 코끝이 찡해 더 이상 올려다 볼 수가 없었다. 건축현장을 옮겨 다니며 일을 하기 때문에 남편이 작업하는 모습을 본 일이 없었다. 이 삼 층, 아니 그 이상의 높이에서 일하는 남편 모습을 보고 정신마저 아찔했다. 저렇게 힘들게 돈을 번다고 생각하니 마음이 편치 않았다. 남편이 벌어 오는 돈이 많든 적든 결코 투정부리지 않으리라 다짐을 했다.

가슴이 찡했다. 좋아하는 돼지고기를 사다가 김치찌개를 끓여놓고 기다렸다. 그러나 평소보다 늦게 돌아온 남편은·웬일로 기분이 몹시 상해 있었다. 거나하게 취한 상태인데, 반 시비조다. 일을 하다가 내려와 아이들에게 맛있는 거라도 사주려고 했단다.

　반가워서 급히 내려 왔는데, 아이들과 내가 보이지 않더라는 것이다. 자기가 그렇게도 부끄러웠느냐며 대들었다. 넥타이를 단정하게 매고 출근하는 남편이 아니라서 부끄럽더냐고. 변명 따위의 어떤 말도 할 틈을 주지 않는다.

　나는 게을러서 매일같이 하얀 와이셔츠 빨아서 대령하는 일도, 반짝반짝 구두를 닦아 주는 일도, 넥타이를 골라서 매주는 센스 있는 여자도 아니라고 아무리 변명해도 소용이 없었다. 평소 남편 직업을 자랑스러워 하지 않았으나, 그렇다고 부끄럽게 여기지도 않았다.

　오히려 그날, 남편의 일하는 모습을 보고 가슴이 찡해서 내 딴에는 남편이 좋아하는 돼지고기 김치찌개를 끓여놓고 기다렸는데, 남편은 자격지심인지 크게 오해를 했다. 그날 밤 불편한 마음으로 등을 돌리고 잠을 설쳤다. 남편 역시 뒤척이며 깊은 잠을 이루지 못했다.

　가난하여 상급학교 진학을 포기했던 남편은 어린 나이에 건축현장에서 잔뼈가 굵었다. 목수 기술자였고, 건축 전체를 도급 맡아서 일하는 하도급업자다. 속칭 오야지다. 영세한 업자라서 일꾼 한 사람 품삯이라도 줄이려고 직접 나서서 일을 하던 터였다. 업자가 직접 일을 하면 다른 일꾼들이 잔꾀를 부리지 않아 능률이 오른다는 거였다.

　처음부터 나에게 건축현장 돌아가는 잡다한 이야기는 물론,

자기가 하는 작업의 핵심적인 부분을 이야기해 주지 않았다. 그 때문에 오해의 소지가 컸다. 서로가 진실을 확인하느라 오래 낭비를 했다.

나는 아이들과 성당을 다닌지 얼마 안되는 때였다. 신앙이 채 뿌리가 내리지 않았지만 들은 소리는 있었다. 남편에게 예수님의 직업도 목수였다고 힘주어 말했다. 당신은 예수님과 똑같은 직업을 가진 특별한 사람이라며 남편을 격려하느라 무진 애를 썼다.

그 이후 남편이나 내가 다른 방도로 돈을 벌어볼 생각은 하지 못했다. 남편은 그 방면에서 성실하였고 정직하여 기술을 인정받는다. 건축 일로 아이들을 공부시키고 작은 재산이나마 일구었으며, 지금껏 그 일로 밥을 먹고 산다.

요즘 경제가 어렵다고 사방에서 아우성이다. 고급 인력이라 일컫는 화이트칼라들은 명예퇴직이나 조기퇴직을 당할까 전전긍긍 불안해 한다. 오륙도 삼팔육도 모자라 20대 백수가 허다한 세상이다.

그러나 예수님의 직업이기도 한 목수 일은 고급인력으로 대우받는다. 건축현장마다 기술자 품귀다. 예수님 탄생 기점으로 따져도 이천 년 넘게 존재하는 목수 일, 건축 일을 하는 남편이 더없이 든든하고 자랑스럽다. 직장에서 잘릴까 봐 전전긍긍 눈치보지 않아도 되니 마음 편한 부자라고 새삼 남편을 격려한다.

경제가 어렵다고 해도 젊은이들은 육체노동을 기피한다. 남편은 건축현장에 젊은 기술자들을 찾아보기 어렵다고 한다. 건축 일을 배우기만 하면 밥 먹고 사는 데 지장이 없다고 나름대로 당신 직업에 대해 자부심을 갖는다.

그러나 내 아이들은 물론 젊은이들은 평생직장이라 여기는 공무원 시험에 혈안이다. 예수님의 직업은 이토록 영원한데, 이 나라에서는 왜 기피되는 걸까?

인물로 승부하시려고요?

4월 말쯤, 문예창작과 카페에 공지 하나가 올라왔다. 수업 시간은 물론 시험 때마다 전전긍긍 앓던 기억밖에 없는데, 어느새 졸업이 코 앞으로 다가왔다. 졸업 앨범에 들어갈 사진을 5월 28일 야외에서 찍는다는 내용이었다. 푸른색 의상은 가급적 입지 말라며 시간을 지키라는 것이었다. 한 달 가량 남았으니 뱃살을 조금이라도 줄여보리라 다짐했다.

개인 사진이야 기계가 거짓말을 할 리 만무하니 내 모습 그대로 드러난다고 해도 할 말은 없다. 그러나 예쁘고 싱싱한 젊은 학우들과 찍는 단체사진을 엉망으로 만들어 놓을 걸 생각하니 약간 염려스럽다. 고상한 이미지가 잘잘 흘러 교수님으로 착각될 수 있다면 어쩔 수 없지만, 그건 꿈에서나 있음직한 일이다.

사대육신이 전체적으로 균형잡히지 않는다고 고백한다. 그렇다고 결혼 전에도 자연훼손을 하지 않았는데 환갑이 다가오는 나이에 뜬금없이 훼손을 하는 것은 조상을 욕되게 하는 짓이라 마음을 다스린다.

본향으로 돌아갈 날도 그리 멀지 않았다. 괜히 얼굴을 이리저리 뜯어 고치고 살다 가면 높으신 그분, 창조주께서 이승에서 내가 걸어간 발자국을 몰라보시고 지옥으로 보내면 몹시 억울할 것이고, 만에 하나 실수로 천당으로 보내주시면 그 또한 양심에 걸릴 일이다.

부모님을 욕되게 하는 표현일지 몰라도 7남매 맏이라 그런지 인물이 없다. 약간 튀어나온 듯 넓은 이마를 빼고는 마음에 드는 부분이 없다. 무슨 조화인지 오뚝한 어머니 코를 닮지 않았다. 입술이 부모님 두 분 중간을 닮은 것이 그나마 다행이다. 턱이 전직 대통령 영부인을 닮았다는 별로 기분 좋지 않은 소리를 들은 적도 있었다.

쌍꺼풀 덕분에 큰 애기 시절에는 눈은 예쁘다는 소리를 들었다. 그나마 위안이 되는 부분이다. 가장 취약점인 게 코다. 후각의 기능마저 쇠퇴해진 나이다. 얼굴 부분에서 가장 중요한 위치가 코다. 클레오파트라의 코가 한 치만 낮았어도 세상이 어쩌고 하는 일화도 있고, 콧대가 세다느니 높다느니 하는 소리 말고도 형부의 코가 커서 언니는 좋겠다는 노랫가락을 남우세스럽게 부르기도 한다. 아무튼 코는 인물을 평가하는 중요한 부분이다.

얼굴은 애초부터 형편무인지경이라 어쩔 수 없다. 그러나 몸매나마 갑자기 S라인으로 바꾸는 것 역시 무리다. 뱃살이라도 조금 줄여 보리라 다짐했던 걸 깜빡 잊었다.

　달력에 붉은 색연필로 '졸업사진 야외촬영'이라고 큼직하게 써 놓았다. 들며 날며 보았는데, 내가 왜 이럴까 머리를 쥐어박을 적이 한 두 번이 아니다. 5월 28일 월요일 아침이다. 웬일로 달력에 시선이 꽂혔다. 부지런히 머리를 감고 화장을 했다.

　직장을 다니는 제 어미를 대신하여 손녀를 돌보는 입장이라, 수업은 모두 야간 신청을 했다. 학교에서 돌아와 혼자 있을 손녀가 염려되어서다. 부지런히 손녀 등교 준비를 시키고 부산을 떨었다. 학교 끝나면 바로 학원 차를 타고 학원으로 가라고 신신당부를 열 번도 더했다.

　나이가 들어가는 징후인지 때론 괜한 노파심을 불러일으킨다. 늦는 것보다 조금 일찍 촬영장으로 가서 기다리는 것이 나으리라는 생각이다. 나이 든 사람이 늦어서 허둥대는 모습을 젊은이들에게 보여주기 싫은 까닭이다. 우리 과 학생들이 사진을 찍기 30분 전에 도착했다. 다른 과 학생들이 사진 찍는 모습을 보았다. 개인 프로필 사진과 단체사진, 조별 사진 등 총 다섯 컷을 찍는다. 학사모 촬영은 미리 해둔 터다.

　젊음 그 자체만으로도 싱싱하고 아름다운데, 나는 입을 다물지 못했다. 여학생들은 모두 새것처럼 깔끔하고 세련된 옷으로 단장을 하고 있었다. 머리 모양들도 하나같이 미장원을 다녀온 티가 난다. 신부화장을 방불케 한다. 속눈썹까지 예쁘게 달았다. 예쁘지 않은 여학생이 없다.

　어떤 학생은 여행용 가방에 옷을 여러 벌 준비해서 사진 한

컷 한 컷마다 갈아입으며 유난을 떤다.

나는 파머머리도 아닌 생머리를 아침 일찍 서둘러 감고 온 것만 다행이라고 여기고 왔는데, 대략 난감하기까지 했다. 우리 과 학생들은 아직 한 명도 오지 않았다. 그들 역시 미장원에서 칠보단장을 하고 있을 것이라는 생각이 들자, 내 모습은 영락없는 개밥의 도토리요 초라하다는 생각뿐이다.

그때 마침 우리 학과의 나이 든 주부 학생이 왔다. 그녀는 자그마한 키에 오목조목 귀엽고 예쁘게 생겼다. 웃으면 살짝 보조개가 들어간다. 하소연 비슷하게 미장원에라도 다녀올 걸 그랬나 보다, 지나가버린 차 뒤에서 손 드는 식으로 말했다.

"언니, 미장원이나 다녀오시지 그랬어요?"

"그러게 말이야. 옷 매무새도 형편없고 단체사진 망치는 거 아닌지 모르겠네. 다른 여학생들은 눈썹도 달고 오고 난리인데."

아쉬운 듯 계속 주절거렸다. 거북한지 그녀가 한마디 한다.

"언니, 됐어요. 젊은 친구들은 졸업 후 이력서 사진으로 사용하려고 거지반 저렇게 연출해요."

그러면서 한마디 더 한다.

"언니, 인물로 승부하시려고요?"

저승꽃

나이가 들어도 얼굴에 잡티 하나 없는 여자들을 보면 같은 여자로서 부러움을 느낀다. 특히 남편의 형제들이 그렇다. 칠순을 바라보는 큰시누이도 얼굴에 잡티가 하나도 없다. 외출할 때 살짝 립스틱만 발라도 얼굴이 환해 보인다.

타고난 피부로 한 인물 거저 먹고 들어간다고 괜한 시샘을 부리다가 자칫 눈밖에 날뻔 했다. 기본적으로 바탕이 되는데 맥없이 한 수 깎아내린다고 응수하는 바람에 슬그머니 꼬리를 내렸다.

나는 40대 후반부터 서서히 검버섯이 비집고 올라왔다. 금년, 초등학교 1학년인 손녀는 세 네 살 때까지 별것을 다 시샘 부렸다. 할미 얼굴에 다문다문 피어나는 검버섯을 보고, 할머니 얼굴에는 있는데 제 얼굴에는 없다며 골은 내기도 하였다. 시샘 많은 손녀가 누굴 닮았는지 감이 잡히지 않는다.

그렇게 할머니의 엉뚱한 부분까지 부러워하던 손녀였다. 바로 얼마 전이다. 손녀가 할미의 얼굴을 찬찬히 들여다 본다. 지천명을 넘어서고 사 오 년 더 지나는 사이 검버섯이 얼굴 곳곳을 점령하고 있는 꼴이 말이 아니다.

그렇지 않아도 자꾸 늘어난 검버섯이 눈에 거슬리고 속상한데 할머니 얼굴에 점이 더 많아졌다며 하나, 둘, 셋 짚어가며 세고 있다. 열을 세고도 끝나지 않는 숫자에 갑자기 우울해졌다.

"할머니 얼굴에 난 점 자꾸 세면 할머니가 빨리 죽어."

목소리에 짜증과 신경질이 잔뜩 묻어 있었다. 제딴에는 걱정이 되었나 보다. 할머니가 빨리 죽는다는 말에 손가락을 짚어가며 세던 것을 멈추고 묻는다.

"얼굴에 점을 세면 왜 할머니가 빨리 죽어?"

"할머니, 얼굴에 나는 점은 그냥 점이 아니야. 저승꽃이야."

"할머니, 저승꽃이 뭐야?"

"저승꽃은 말이야. 나이가 많은 할아버지 할머니 얼굴에 생기는 점이야. 그걸 저승꽃이라고 하는 거야."

"할머니, 저승꽃이 많아지면 왜 할머니가 빨리 죽어?"

꼬치꼬치 묻는다.

"그건 말이야, 얼굴에 저승꽃이 백 개 되면 저승사자가 잡아가기 때문이야. 그런데 말이야, 저승꽃을 세고 있으면 저를 반가워하는 줄 알고 자꾸 기어올라 오거든."

그냥 생각나는 대로 아무렇게나 둘러댔다. 손녀는 죽음에 대해 그렇게 심각하게 생각하지 않는다. 이별을 하는 정도로 알고 있었다. 할머니가 죽으면 저도 따라 죽을 거라고 했다. 죽음이 뭔지 제대로 알지 못한다. 그저 할머니와 헤어지는 것이 싫은 손녀다.

죽음을 어떻게 설명해 주어야 하는지 곰곰 생각했다. 막연히 죽음은 무섭다고 알려 주는 건 천부당만부당한 일이다. 제 어미가 외할아버지는 좋은 분이었으며, 하느님이 불러서 하늘나라로 이사를 갔다고 말해 주는 소리를 들은 적이 있다.

그래서 죽음은 이별이되, 다시는 만날 수 없는 영원한 이별이라고 말해 주었다. 손녀는 유독 저와 눈높이를 맞춰 놀아주고 예뻐하는 할미를 엄마 다음으로 좋다고 말한다. 어느 때는 할미가 제일 좋다고 아부할 때도 있다. 그럴 때면 그 말이 모두 진실인양 믿으며 행복해 하는 속없는 할머니가 바로 나다.

저승꽃이 많아져서 할머니가 죽으면 할머니와 영원히 이별하는 거라고 했더니 얼굴빛이 달라진다. 매우 걱정스런 표정이다. 곧 울어버릴 태세다. 제가 할미 얼굴에 난 저승꽃을 세어서 할미가 빨리 죽기라도 할까 봐 걱정을 하는 눈치다. 그처럼 곱고 여린 손녀 마음을 다치게 하고 싶은 생각은 추호도 없다.

"걱정하지 마. 할머니, 빨리 안 죽는 방법이 있어. 화장을 해서 저승꽃을 감추면 저승사자가 몰라보거든. 하하하. 어때 할머니 생각?"

손녀의 걱정을 줄여 줄 요량에 크게 소리 내어 웃었다. 정말 그렇게 하면 오래 살 것 같은 생각도 들었다.

“정말이야? 할머니, 그게 정말이야? 그럼 할머니 매일같이 화장 예쁘게 하고 있어.”

알았어, 알았으니까 걱정하지 않아도 된다고 말했다. 얼결에 입에서 나오는 대로 대처했는데 따는 그 말이 맞는 것처럼 느껴졌다. 남자들보다 여자 수명이 긴 것도 어쩌면 화장으로 위장하여 저승사자가 속아 넘어가는 것일지도 모른다.

정말로 저승사자가 검버섯, 저승꽃이 많은 순서대로 하늘나라로 전입시키는 것이 아닐까? 남자들이여, 오래 살고 싶으면 지금부터라도 화장을 한번 해 보시라.

셋

나는 화려한 빛깔을 뽐내며 자랑하는 인위적으로 키운
어떤 꽃보다 생명력이 강한 야생화를 더 좋아한다.
좁쌀만한 꽃잎이 수줍게 벌어지는 하얀 냉이꽃에
어쩐지 더 정감이 간다.

전생의 연인

　　남편과 나는 손자 손녀를 두지 않은 친구나 지인들로부터 비아냥에 가까운 소리를 듣는다. 손녀 재롱에 빠져 유별나게 군다고 대놓고 면박을 준다. 그렇게 예쁘냐? 귀찮지도 않느냐? 등 부러움인지 핀잔인지 분간을 못하겠다. 그 말이 때로는 거슬릴 만 한데 남편은 아예 한 술 더 뜬다. 친·손·녀, 친손녀라는 말에 못을 박듯 일침을 놓는다.

　　딸이 없으니 외손을 볼 턱이 없다. 그럼에도 불구하고 친손녀라는 말에 왜 그다지 힘을 주는지 모르겠다. 그 바람에 남편은 '친' 이라는 별명을 얻었다. '친' 할아버지라는 꼬리표를 자랑스럽게 여기고 기뻐하는 모습이 더 없이 행복해 보인다.

　　아들 내외의 단점은 물론 할아버지 할머니의 단점마저도 고스란히 닮고 태어난 아이, 그런 아이가 왜 그렇게 예쁜지 남편과 나는 손녀와 함께라면 세상천지 무서울 것이 없을 정도로 없던 기운도 나는 것 같다.

나보다 먼저 자제를 출가시킨 친구들도 많다. 그들이 손자 손녀에게 발이 묶여 자기 시간을 스스로 포기하는 것을 여러 번 보았다. 나는 절대로 그렇게 살지 않겠다고 입찬 소리를 했었다. 그 동안 가족에게 봉사하고 살았으니 노년은 내 자신만을 위해 살겠다는 다짐도 수없이 했었다. 그럴 자신도 있었다.

손자 손녀는 자식의 자식으로 그야말로 손주일 뿐, 나와 그렇게 밀착된 관계가 될 거라고는 상상도 못해 봤다.

그렇게 입찬 소리를 자신만만하게 했었는데, 그것이 한 순간에 무너지던 날을 생각하면 숨이 턱까지 차오른다. 며느리의 임신 소식을 듣는 순간 할머니라는 단어가 내게는 아직 어울리지 않을 것처럼 천부당만부당 멀게만 느껴졌다. 그럼에도 불구하고 하루하루가 더디게 가는 느낌이 수상했다. 뱃속 아이가 딸이라는 소식에 별스럽게 궁금증을 유발했다. 아기가 어떻게 생겼을까? 며느리와 산부인과를 드나들며 작은 태동을 함께 느끼며 행복해 했다.

우리 부부는 그야말로 정부시책에 적응하여 아들 둘을 낳고 단산을 했다. 그 때문인지 며느리의 뱃속 아기가 딸이라는 말에 남편도 덩달아서 유난을 떨며 좋아했다.

며느리 사랑은 시아버지라는 말을 실감케 했다. 남편은 당신의 핏줄을 팽팽하게 잡아 당기는 수고를 아끼지 않았다. 젊은 이들 속내 헤아리는 것쯤은 뒤로 밀쳐두고 오로지 세상 밖에 나올 손녀에게 온갖 충성을 다하는 모습이 눈물겹다.

하지만 때로는 거슬리기도 했다.

내가 임신했을 당시를 떠올리면 부아가 치밀 때도 있었다. 아이 둘을 낳았어도 입덧을 별로 하지 않았지만 무심하다 싶을 만큼 철부지 남편이었다. 그 시절을 생각하면 남편의 행동은 얄미울 정도다. 내가 입덧을 하던 때 먹고 싶은 것이 있냐 물어 보았던가? 기억도 가물가물하다.

그런데 며느리가 무엇을 먹고 싶어하는가를 나에게 수도 없이 물어왔다. 나 역시 남편이 묻기 전에 먼저 무엇이 필요한지 설쳤지만, 필요 이상의 먹을거리를 사 들고 가는 때가 수두룩 했다.

때로는 귀찮아하는 눈치가 역력해도 아랑곳하지 않았다. 며느리의 임신 소식을 접한 후부터 아이가 세상 밖에 나온 날까지 당신 핏줄인 손녀를 위한 사랑은 대단했다. 며느리가 참견으로 생각하는 부분까지도 당신은 사랑이며 관심이라고 벅벅 우겨댔다.

기다리고 기다리던 손녀가 태어났던 날을 생각하면 기가 막혀 웃음이 저절로 나온다. 내가 알고 있었던 남편의 정서하고는 전혀 어울리게 않게 꽃다발을 산모 입원실로 배달했다. 나는 그 이전 이후에도 장미꽃 한 송이 받아 본 기억이 없다. 그렇게 유난스럽게 할아버지 준비를 하던 남편이다.

남편은 최근에 금요일 아침만 되면 공연히 살뜰한 눈빛을 내게 보낸다. 주말이면 손녀가 뱉어놓고 간 상큼한 언어를 어색하게 흉내낸다. 손녀가 놓고 간 흔적들, 장난감 내지 동화책을 괜히 정리하는 척한다. 내 일손을 돕는 척하며 은근히 눈치를 살핀다. 이번 주말에도 손녀를 데려오겠다는 무언의 행동이다.

고질병처럼 만성이 되어버린 손녀 사랑, 손녀 밝힘증같은 사랑병을 아내도 함께 앓는다는 것을 알면서 뚱딴지같은 행동을 하는 모습이라니.

어떤 금요일은 손녀를 데려올 시간이 없다며 애원하듯 내 시간을 구걸한다. 내게 손녀가 유치원을 끝마칠 시간에 별일이 없기를, 아니 별일을 만들지 말기를 은근히 강요한다.

때문에 주말이면 가야 할 곳과 가지 말아야 할 곳을 구분 짓느라 여간 성가신 게 아니다. 애경사에도 손녀를 꼬리표처럼 달고 다니는 것은 물론이요, 친구들 모임에 불참하는 건 당연한 일이다. 취미생활이나 놀이문화를 들먹여 보았자 씨알도 안먹힌다.

손녀를 데리고 떠나는 여행은 장시간 운전을 해도 피곤함을 감추는 남편이다. 젊어서의 서운한 마음을 애써 접으며 나이가 들면 두고 보자고 벼르던 속내를 보이기도 전에 손녀에게 꼬리를 물렸다.

호사하고 호강스러운 세월을 지나치기는 남편도 같을진대 이제야 넉넉한 마음이 들다니 야속하다. 진작에 지금처럼 풍요로운 마음이 오롯했다면 내 삶의 밑그림이 훨씬 보기 좋았을 터다. 부질없이 아쉬움에 목이 마르다.

손녀의 재롱이 여느 일상의 소소한 재미를 훨씬 앞지른다. 금요일 아침이면 연인을 만나려 가는양 설레는 마음을 아내에게 일부러 들키는 남편이다. 그런 모습이 외려 측은하게 느껴져 주말에는 이런 저런 특별한 행사 따위는 참석하지 않는다.

정신없이 달려온 삶이다. 삭막한 지점에서 만난 손녀는 내 삶의 귀인이나 다름없다. 그 아이를 만나려고 50년 넘게 굴곡진 삶을 참고 살아왔나 생각이 든다. 참고 살아 온 여정이 새삼 대견하다. 손녀는 내 인생에 훈장같은 아이다. 그 아이는 아무래도 전생에서 남편과 나의 연인이었지 싶다.

책가방

오래 전 일이다. 손아래 동서네 집에 잠깐 볼일이 있어 들렀다. 큰엄마 오셨느냐 인사를 마친 초등학교 3학년 조카아이가 제방으로 들어가더니 책가방을 들고 나온다. 제 엄마와 한참 이야기꽃을 피우고 있는데, 책가방을 불쑥 내 앞에 던지듯 내려놓는다. 그러고는 밑도 끝도 없이,

"큰엄마, 가방 사줘요. 가방 망가졌어요. 새 걸로 사줘요!"

책가방이 좀 낡기는 했어도 아직은 갖고 다닐만 했다. 남자아이라서 험하게 사용해서인지 가방 솔기 부분이 닳아 허름하게는 보였다.

아무리 가방이 낡았어도 그렇지, 제 엄마에게 사 달라고 해야지 큰엄마인 나를 보자마자 사달라고 하니 조금은 의아했다. 새록새록 넘쳐나는 학용품과 질좋은 새 가방을 보면 한 번쯤 욕심을 부릴 나이다. 하지만 큰엄마에게 가방을 사 달라고 조르는 데는 분명 이유가 있을 것이다.

조카아이에게 오냐 하며 그러겠다고 대답은 했다. 가방 하나 사준들 무에 그리 억울할 거 있을까마는 녀석이 왜 나에게 가방을 사달라는지 이유가 궁금했다.

"갑중아, 왜 큰엄마에게 가방을 사달라고 하지? 엄마에게 사 달라고 하니까 안 사준다든? 그리고 이 가방도 아직은 갖고 다닐 만한데……"

"여기도 망가지고 끈도 다 닳아 빠지고 그러니까 큰엄마가 가방 사줘요. 둘째 큰엄마가 가방 사주는 사람이잖아요."

만화영화 캐릭터 문구를 들먹여 가면서 아예 생떼를 쓴다.

가만히 듣고 있던 제 엄마가 깔깔대며 웃는다. 이제야 알겠다는 경쾌한 웃음이었다. 멍청한 눈으로 동서와 조카아이를 번갈아 바라보았다. 한참을 깔깔거리며 웃던 동서가 말했다.

"둘째 형님이 가방 사주는 담당이잖아요?"

이건 또 무슨 뚱딴지같은 소린가?

"가방 담당?"

"형님, 갑중이 얘가 이렇게 엉뚱하다니까요. 큰엄마가 가방 사주는 사람인 줄 알고 있었나 봐요."

동서는 조카아이에게 엄마가 사주겠다며, 그것도 나중에 사주겠다며 가벼운 꿀밤을 먹인다.

녀석은 엉뚱하다 못해 갸륵하게도 둘째 큰엄마가 가방이 망가지면 언제든지 새로 사주는 가방 마니아인 줄 착각하고 있었다. 그러나 기분이 좋다. 굳이 가방을 선물해야만 했던 큰엄마의 알싸한 서러움을 맑게 희석시켜준 녀석이 오히려 귀여웠다.

녀석이 착각할 만한 이유는 충분했다. 나는 큰형님댁 조카 네 명 모두 다 초등학교 입학 기념으로 가방을 선물했다. 손아래 막내동서네 조카 아이 두 명도 초등학교 입학선물은 역시 가방 이었다. 그 해 중학교에 입학한 큰형님댁 장조카아이 입학 선물 마저 가방이었다. 그렇지만 중간에 쓰던 가방이 망가졌다고 다 시 사달라고 말한 조카는 아직 한 명도 없었다.

내가 입학 선물로 가방을 고집하는 이유가 있다. 나는 가 방을 메거나 들고 학교를 다녀본 적이 없다. 50년대 말 60년대 중반 보자기로 책을 싸가지고 다녔으며, 보자기 네 귀퉁이가 낡아서 헤어지면 기워 썼다. 초등학교(당시 국민학교) 아이들, 여자아이들은 책보를 둘둘 말아 허리에 매고 다녔고, 남자 아 이들은 책보를 말아 겨드랑이와 어깨에 사선으로 걸쳐 메고 다 녔다. 양철필통 안 몽당연필이 딸랑거리는 소리마저도 고마웠 던 시절이다.

고학년이 되어 책 권수가 많아지면 책보에다 둘둘 말 수가 없다. 사각으로 싸서 두 손으로 받쳐 들고 다녔다. 소나기라도 만나는 날이면 책보를 어떻게 해 볼 도리가 없었다. 가슴에 품고 머리를 숙이고 달려보지만, 책보를 감싸기에는 역부족이다. 젖 은 책보를 풀어 책을 말리면서 많이 속상했던 가난한 시절이다.

책가방은 학생이 갖추어야 할 품목중 가장 으뜸으로 생각되 었다. 때문에 조카들이 입학할 때면 내 몫인양 책가방을 선물했다. 열심히 공부해서 훌륭한 사람이 되라는 편지를 곱게 적은 카드도 잊지 않았다. 그래야만 마음이 편했다. 아니, 행복했다.

이제 얼마 지나지 않아 내 손녀아이의 초등학교 입학식이다. 요즘의 책가방이 책을 운반하는 차원을 훨씬 웃돌고 있음은 말할 필요도 없다. 품질은 물론이고 다양한 디자인으로 학생들을 유혹하기에 바쁘다. 영상매체를 수도 없이 접하는 손녀딸은 할미의 입 안에서는 뱅뱅 겉돌아 나오는 별별 캐릭터가 등장한 책가방 이름을 조잘거린다. 제딴에 신기하고 좋아 보이는지 바퀴 달린 가방을 사달라고 조른다.

책가방의 알싸한 추억의 의미를 두고 내 눈높이에 맞추어 사다 주면 고맙게 메고 다녔던 내 아이들이나 조카아이들 세대도 이미 옛날이 되었다.

책가방을 어깨에 메고 단정하게 학교를 가는 손녀의 모습을 떠올리는 할미에게 바퀴 달린 가방이라니 엉뚱하기 짝이 없다. 책가방 무게에 눌려 키가 잘 자라지 않는다는 보고서를 본 적이 있는데 말이다. 제 마음에 드는 책가방을 고집하는 아이와, 보자기에 책을 싸가지고 학교를 다니던 할머니 사이의 세대 차이가 얼마나 좁혀질지 난감하다.

누가 누가 더 큰가?

시댁 형제들의 친목계날이다. 애경사에 얼굴만 삐죽 내밀고 헤어지는 만남이 시원찮아 모임을 결성한지 오래다. 형제간 모임이다 보니 여느 모임처럼 회칙이 따로 있는 것도 아니다. 그냥 형제간 집을 돌아다니며 밥해 먹고 웃고 떠드는 것이 전부다.

제일 맏인 큰시누이를 필두로 8남매의 서열을 딸, 아들, 딸, 아들로 낳으신 시어머님의 기술을 부러워한 적이 있다. '딸 아들 구별 말고 둘만 낳아 잘 기르자'는 70년대 가족계획 구호를 어기지 않고 아들형제를 낳은 후에도 딸 딸 타령을 하던 남편의 눈치가 보이던 때도 있었다.

시댁 형제들은 딸 아들 터울이 다르니 군기가 잡혀 보인다. 바로 위 형이나 언니가 터울지니 버릇없이 굴지 않아 좋아 보이나, 맞잡아 싸우면서 정이 든 살뜰함은 모자라기도 한다. 딸, 딸, 아들, 딸, 딸, 아들, 아들 불규칙한 친정 7남매 형제들하고 비교해 보며 혼자 웃기도 한다.

아무튼 시부모께서 고인이 되고 난 후 큰 시누이와 큰 시숙님이 서둘러 모임을 결성하고 근근이 명맥을 이어왔다. 근간에 들어 위로 두 분이 다달이 모이자며 부쩍 채근이다. 해서 그 동안 줄곧 총무를 맡아오던, 순번으로 다섯째인 셋째 시누이가 일정에 없던 '모여라' 종을 급하게 울렸다.

매달 날짜를 정해 만나자는 큰 시누이 의견을 모두들 수락했다. 막내 시동생까지 지난 여름에 손녀를 보아 할아버지가 되었다. 모두들 혈육의 정이 소중한 나이를 산다. 매월 둘째 토요일 저녁에 만나자고 의견을 모았다. 다른 일정과 겹쳐지면 식구 중 한 사람이라도 꼭 참석하는 것을 원칙으로 매듭지었다.

집에서 살림만 하는데도 셋째 시누이는 양식·한식 조리사 자격증이 둘이나 있다. 음식 솜씨에 손도 크다. 양껏 준비한 음식상을 앞에 두고 이야기꽃이 늘어졌다. 모이기만 하면 케케묵은 유년을 추억하던 것과 다르게 어느새 손자 손녀 자랑으로 화제가 바뀌었다.

전에는 모이면 유년을 추억하느라 바빴다. 특히 큰 시누이의 과거로의 여행이 특이했었다. 토씨 하나 틀리는 법 없이 매번 똑같은 이야기를 어제 일처럼 반복해도 누구 하나 지루해 하거나 말막음을 않하는 게 이상할 정도였다.

그로 인해 나는 시댁 형제들과 함께 유년을 보낸 듯한 착각마저 들기도 했다. 남편의 유년은 말할 것도 없고 큰 시누이와 큰시숙님을 비롯하여 8남매 모두의 유년시절이 그리 낯설지 않다. 큰시누이 출가 후에 낳은 막내 시동생은 네 번째인 남편과 결혼할 당시 초등학교를 갓 졸업했으니, 더 말할 것도 없다.

만나면 지난 시절을 추억하기도 시간이 모자랐는데, 별로 아이들을 좋아하지 않던 막내 시동생이 손녀 자랑을 한다. 형 누나들이 손자 손녀 자랑을 하면 시큰둥해서 할 이야기가 그것 밖에 없느냐는 눈빛이 역력했던 시동생이다.

8개월 된 손녀의 몸무게에서부터 벌써 기어 다닌다는 둥, 상을 잡고 일어선다는 둥 이유식을 하루에 두 번인가 세 번인가 먹는다는 둥, 시시콜콜한 손녀의 일상을 이야기하며 그런 아이 는 처음 본다고 입가에 침을 흘린다. 먹성이 좋아서 몸무게가 많이 나가는 것을 빼고는 그 정도 개월이면 기고 잡고 일어서는 것은 통상적인 일이다. 별반 신기할 것 없는 자랑을 해대는 시 동생의 미간에 행복한 미소가 번진다.

이에 질세라 둘째 시누이는 아예 동행한 18개월짜리 손녀에 게 한창 유행인 원더걸스의 텔미 춤을 추어 보라고 난리다. 엉덩 이를 실룩거리는 손녀를 보며 둘째 시누이는 자지러진다. 늦게 장가간 아들의 손녀이니 귀하기도 하겠지만, 둘째 시누이의 또 다른 '세상의 처음 본 아이' 손녀 자랑도 결코 뒤지지 않으니 만 만치 않다.

나도 질 쏘냐? 셋째 시누이는 오빠를 제쳐두고 먼저 결혼한 딸이 낳은 아이, 백일 지난 외손자가 얼마나 영악하고 똘똘한지 TV 광고를 틀어주면 울다가도 그친단다. 그 역시 '세상에 처음 본 아이’ 손자 자랑에 입에 침을 튀긴다. 누가 먼저 자랑할 새라 좀처럼 틈새가 보이지 않는다. 줄줄이 이어지는 처음 본 아이 자랑으로 시간이 가는 줄 모른다.

그깟 자랑은 자랑 축에도 끼지 못한다는 듯, 큰시누이는 과외나 학원에도 다니지 않은 지방학교 출신 외손녀딸이 건국대에 합격한 수재중에 수재라고 열변을 토하신다. 어려서부터 놀아도 책을 끼고 살더니 그럴 줄 알았다며, 족집게 과외다 학원이다 많은 돈을 쏟아 붓고도 그만 못한 학교에 들어간 아이들도 수두룩하다고 목소리가 점점 커지는 큰시누이. 모두들 ‘세상에 처음 본 아이’ 손자 손녀 자랑으로 행복을 가득가득 싣기에 바쁘다.

초등학교 1학년 내 손녀딸, 세상에 둘 도 없는 내 손녀는 방학 중에도 하루도 빠짐없이 도서관에 가서 책을 세 시간 이상 읽는다는 것, 그리고 매일 독후감 세 편을 쓴다는 것, 50명 선착순으로 실시하는 방학중 아침 독서와 미니북 만들기 프로그램을 제 스스로 신청해서 열심히 하고 있다는 것, 하루도 거르지 않고 일기를 쓴다는 것을 차마 자랑할 수 없었다. 외손자는 있지만 장조카를 장가들이지 못해 한숨 쉬는 아주버님 눈치가 보여서라고 짐짓 변명을 한다.

팔불출 할머니

학교에서 돌아오는 손녀딸이 책가방을 내려놓지도 못하고 자랑이다. 영악한 손녀딸은 할머니가 좋아하는 일이 어떤 건지 꿰뚫고 있는 것 같다.

"할머니, 나 상 탔어."

"아니, 무슨 상을 또 탔어?"

초등학교 1학년인 손녀딸과 나누는 입 안의 사탕처럼 달콤한 대화다. 팔불출이 따로 없다고 하더니 할머니란 감투를 쓰고 난 뒤부터 눈치 코치, 염치도 없어졌다. 솜이불만큼이나 얼굴도 두꺼워졌다.

누가 들으면 손녀딸이 사흘거리로 상을 타오는 줄 알겠다. 초등학교 1학년들 대개가 그렇듯이, 선생님이 학교생활을 잘하라고 이런저런 사유로 칭찬해 주는 〈참 잘했어요〉 도장을 받아와도, 백 점을 받아와도 신바람이 난다. 입을 귀에 걸고 다니는 할머니다.

여름방학 숙제로 그림일기를 두 권이나 써 갔다. 독서기록장도 그림을 사이사이 그려 넣어가며 1학년 아이치곤 제법 잘써 갔다.

숙제를 잘했다며 담임 선생님이 칭찬을 많이 했다. 담임 선생님 재량으로 주신 공책 두 권과 종합장 한 권을 부상으로 받아 왔다. 얼마나 신통하고 예쁘던지 아마 일주일 이상 행복했을 거다.

가을 운동회에서는 달리기를 해서 3등을 했다. 가문에 없는 귀한 상이다. 가족 내력에 뜀뛰기를 잘해서 받아온 상은 전무하다. 할아버지와 아빠는 평발이라서 달리기는커녕 오래 걷기도 힘들어 한다. 참으로 귀한 상을 탔다며 기뻐하고 좋아했다.

이렇듯 손녀딸이 가져다 주는 자잘한 행복이 할미의 주름살을 활짝 펴지게 만든다. 사람 사는 맛이 이런 게로구나 싶어진다. 이번에는 무슨 상을 타 와서 할미를 기쁘게 해 주는지 궁금하여 재촉했다.

"그래, 이번에 무슨 상을 또 탄 거야?"

책가방을 활짝 열어 제친다. 책갈피에서 상장을 꺼내 할미 앞에 내민다.

여름방학 전에 소년한국일보가 주최한 '제48회 소년한국일보미술대회'에 학교에서 단체로 참가했다. 발표가 난지 꽤 오래되었다. 그런데 이제야 상을 보내 왔다. 은상이다.

"선생님께서 그러시는데, 우리 반에서 내가 제일 큰 상을 받은 거래."

"잘 했네, 잘 했어. 정말 잘 했어."

손녀의 머리를 쓰다듬어주는 것도 모자라 엉덩이를 두드리고 볼에다 뽀뽀 세례를 퍼부었다. 남편의 코 앞에 상장을 들이대며 보라고 했다.

TV 앞에 비스듬히 누워있던 남편도 벌떡 일어나 앉는다. 자세를 바로 취하고는 화색이 만연해서 상장 내용을 큰소리로 또박또박 소리내어 읽는다. 나는 이 일로 또 며칠 동안 행복해 할 것이다. 누구한테 자랑을 할까 고민중이다.

나보다 5년이나 먼저 외할머니가 된 손위 시누이와 이웃에 살았다. 조카딸이 연애결혼을 하여 멀리 안동으로 시집을 갔다. 아이가 초등학교 입학하기 전에는 친정에 오면 여러 날을 묵어간다. 그때마다 시누이는 당신의 외손자를 보러 오라고 일부러 나를 부른다.

그래놓고는 손자에게 지나가는 자동차 이름을 맞춰보라고 재촉한다. 버스, 트럭, 택시 정도로 탈것의 종류를 구분하는 당신과 달리, 당신은 혀도 안 돌아가는 외제 승용차 이름까지 척척 알아 맞히는 외손자를 세상에 없는 천재로 여기는 듯했다.

"올케, 나는 이런 애는 처음 봤어. 모르는 차 이름이 없다니까. 건동아, 영어로 월, 화, 수, 목, 금, 토, 일 좀 해봐."

손자 자랑하느라 입에 침이 마를 새가 없었다. 외손자 일거수일투족을 거의 생중계 방송을 하다시피 한다. 외손자 자랑 말미는 언제나 이렇게 똑똑한 애는 처음 본다고 마무리를 한다. 내가 보기에 그 정도 아이는 천지사방에 깔렸다. 속으로 별스럽게 유난을 떤다고 흉을 보기도 했다. 그랬던 내가 할머니란 이름이 무색할 나이에 할미가 되었다

입이 근질거린다. 손녀딸이 상을 타 왔노라고 형님에게 자랑을 해야겠다. 팔불출 할머니라고 놀리면 뭐 대순가.

하남의 백구두

남편은 고무신, 흰 고무신 마니아라고 애써 말한다. 남편이 흰 고무신을 신고 다니는 데는 그럴만한 이유가 있다. 남편은 평발이다. 그런데 평발의 정도가 매우 심하다. 대부분의 사람들은 발바닥 가운쪽이 움푹 들어간 것이 정상이다. 그러나 남편의 발바닥은 평평하고 밋밋한 정도를 넘어 뭉긋하다. 그렇게 생기기도 어렵다는 말을 듣기도 한다.

그 때문에 오래 걷지를 못한다. 오래 걷는 것은 고사하고 구두를 신는 것조차 불편해 한다. 구두를 신고 약간만 무리해서 걸으면 장딴지가 당기다 못해 가래톳이 선다고 불평이다. 못 생긴 발바닥 때문에 그 정도로 고생하는 줄은 미처 몰랐다. 그런 장애가 있는 것도 모르고 운동은 물론 걷는 것조차 싫어하는 남편을 내심 못마땅하게 생각했다.

남편과 나는 중매로 만나 변변한 데이트도 못해 보고 결혼을 했다. 발바닥 장애가 있는 줄은 짐작도 못했다. 육군병장으로 제대한지 불과 몇 달 지나지 않아서 맞선을 보았다. 그런 남자에게 신체적 결격사유가 있을 거라고는 꿈에도 생각 못할 일이다.

나중에 들은 이야기다. 논산훈련소의 최종신체검사에서 불합격 판정을 받았단다. 이유는 발바닥 장애 외에 왼쪽 시력이 좋지 않아서였다. 남편은 "대한민국 남자로 태어나 군대는 필수라고 생각했고, 친척들 이하 친구들이 군대 간다고 거창하게 송별식도 해주었는데, 남자가 체면이 있지 도저히 집으로 되돌아 갈 수 없다"고 사정사정하여 군대생활을 마쳤다는 것이다.

아무튼 공병대 영선반인가 하는 곳에서 편하게 군대생활을 했다는 내용을, 군대 이야기만 나오면 기가 나서 펼쳤다. 근자에 들어 자랑스럽게 떠벌리던 군대 이야기가 쑥 들어갔으니 늙어간다는 생각이다. 그런 이유로 어쩔 수 없이 고무신을 신는다.

한복은 우리 고유의 옷이다. 고무신 역시 한복에 어울리니, 한국을 대표하는 신발임에 틀림없다. 신혼 시절에는 평상복에 흰 고무신을 신고 다니는 남편이 부끄러웠다. 왜 구두를 신지 않느냐? 고무신을 신고 다니는 당신이 정말 창피하다고 싸우기도 했다. 하다못해 운동화라도 신고 다니면 덜 창피하겠다고 몇 번을 다퉜다. 남편은 마지못해 운동화를 신고 다녔지만, 그 역시 불편하다는 거였다.

남편의 발은 평발도 모자라 어찌나 땀이 많이 나는지 운동화가 흠뻑흠뻑 젖는다. 운동화 끈으로 꽁꽁 동여맨 발을 수시로 벗어 환기를 시키는 것도 귀찮은 일일 테고, 온종일 땀에 젖은 운동화를 신고 다니니 겨울에는 발에 동상이 걸리고, 여름에는 무좀이 심해졌다. 그리고 발 냄새 또한 지독하기 이루 말할 수가 없다.

백기를 들고 말았다. 그나마 검정 고무신을 신고 다니지 않는 것을 다행이라고 생각했다. 흰 고무신을 신고 다니는 것을 허용할 수밖에 없었다.

친지들 애경사로 정장을 입어야 할 상황이 되면 차에 구두를 신고 가서 잠깐 신고는 바로 벗어 차에 갖다 놓는다. 1년에 서너 번 신을까 말까 하는 구두다. 손질을 잘 못해서 그런지 여러 해 묶으면 가죽이 갈라지기 일쑤다. 하여 싼 구두를 사서 특별한 날, 특별한 시간에 잠깐 신는다.

속모르는 사람들은 흰 고무신을 신고 다닌다고, 한 마디씩 한다. 젊은 사람이 왜 고무신을 신고 다니느냐? 고무신을 신고 다니는 특별한 이유가 도대체 무어냐? 궁금해 하는 모습들도 다양했다. 심지어 어떤 이는 뛰어 보이려는 허튼 수작이라고 억울하기 이를 데 없는 추측을 함부로 하기도 한다.

그럴 때마다 신발을 벗고, 양말을 벗어 던지고, 발바닥을 치켜 들고 구구한 변명을 할 수도 없는 노릇이다.

남편이 고무신을 신고 다닌다고 나마저 고무신을 신고 다닐 수도 없지 않는가? 남편과 함께 외출을 할라치면 정장에 구두를 신은 나를 이상한 눈초리로 바라보는 이들도 더러 있다.

오래 전 이런 일도 있었다. 풋풋하지는 않아도 시들한 감성이나마 조금은 남아 있었을 때다. 폭설로 온 세상이 하얗게 뒤덮인 날이었다. 그 때는 우리 집에 승용차가 없었다. 한적한 들길이라도 걷고 싶은 고즈넉한 마음이었다. 남편에게 시외버스라도 타고 무작정 어디든 가보자고 졸라댔다. 어쩐 일로 쉽게 따라 나섰다.

새해가 시작 된지 몇 날 지나지 않은 초순이었다. 모르긴 몰라도 아마 새해를 새로운 마음가짐으로, 하다못해 아내 가슴에 꿈이라도 좋으니 공수표라도 날려보라고 닦달을 하였지 싶었다. 그렇지 않고서야 쉽게 따라 나설 남편이 아니다. 눈이 왔다는 것만으로 감상에 빠질 만큼 부드럽고 정서적이지 못하다. 때로는 메떡보다 더 푸석하고 가파라서 내 눈물을 짜내는 사람이다.

시외버스 안에는 승객이 별로 없었다. 할머니 한 분이 남편의 발을 내려다보며 혀를 끌끌 찼다.

'한겨울에 고무신을 신고 다니다니, 오죽이나 시릴까?'

혼잣말처럼 웅얼웅얼하더니 나를 찬찬히 훑어보며 한마디 한다.

"신랑 구두 좀 사 주시지. 세상에 발이 얼마나 시릴까?"

그때 나는 장딴지까지 올라오는 부츠를 신고 있었다. 할머니 눈에는 우리 부부가 정상적인 사이로 보여지지 않았던 게 분명하다. 참견에 가까운 부탁을 하니 말이다. 나와 눈이 마주친 남편은 장난기가 발동했는지 할머니 말을 받아친다.

"마누라가 구두를 사주지 않아요."

"돈도 못 벌어 오는데 뭐 하러 구두를 사줘요?"

이에 맞서 나도 한마디 했다. 할머니는 몹시 안됐다는 듯 싸가지없어 보이는 내 말에 반격이라도 하듯 쐐기를 박는다.

"이봐요. 돈 벌어서 마누라 다 갖다 주지 말고 본인이 직접 구두를 사 신고 다녀요?"

남편을 재미있다는듯 실실 웃어가며 여전히 실없는 소리를 한다.

"저 여자가 얼마나 무섭고 못됐는데요. 돈 벌어서 내 마음대로 썼다가는 집에서 쫓아낼 걸요."

새해 새로운 희망이나 하나 낚아 볼 요량으로 나선 길이다. 흰 고무신을 신은 남편 때문에 자칫 정초부터 못된 여자가 되기 직전이다. 까딱 잘못했다가는 희망은커녕 절망의 늪에 빠질 조짐이 보인다. 그쯤에서 그만 발뺌을 하고 싶었다. 버릇없이 할머니에게 실없는 농담을 한 것 같아 죄송했다. 농담을 주고 받을 상대가 아닌 할머니와 흰 고무신 때문에 겪는 에피소드가 막다른 코너에 몰렸다.

사람은 살면서 어떤 인연으로 만날지 모른다. 언제 어떻게 사돈의 팔촌이 될지도 모를 인연이다. 형편없이 망가진 내 이미지를 할머니 기억 속에 저장시킬 필요는 없었다. 좋은 인연으로 만날지도 모르는데 이대로 헤어지면 억울하다.

나는 할머니에게 환한 미소를 지어 보였다. 사실은 남편 발 모양이 지독히 못생겨서 구두를 절대로 못 신는 이유를 장황하게 늘어놓아야 했다.

"그럼 그렇겠지, 그런 이유가 있지 않고서야……."

할머니도 겸연쩍은 듯 남의 일에 감 놔라 배 놔라 끼어든 걸 미안해 하는 눈치였다.

그런 사정으로 남편은 줄기차게 흰고무신을 신고 다닌다. 남편은 태어나 고향인 하남 이삼 십 리 밖을 떠나서 살아 본적이 없다. 주거지는 고향을 비켜 앉아 살았어도 일터는 하남을 벗어난 적이 없다. 그런 남편이 사시사철 흰 고무신을 신고 다니는 바람에 햄섬한 별명을 얻었다.

하남의 백구두, 어쩌면 카바레 제비족을 연상케 하는 닉네임이다. 이제 하남 토박이들과 하남을 고향 삼아 오래 산 사람들은 '하남의 백구두'라고 하면 모르는 사람이 없다.

남편의 별명이 격이 너무 높아 어울리지 않는다고 생각했는지 가까운 친구 몇 명은 '조선 나이키'라고 깎아 내린다. 나 역시 '하남의 백구두' 보다는 조선 나이키가 더 듣기 좋다. 하남의 백구두는 어쩐지 제비족을 연상케 하는 거 같아 싫다.

그외에도 조선 나이키, 흰 고무신 때문에 웃지 못할 이야기는 무수히 많다. 우리 집을 방문하는 이웃들은 가지런히 닦아놓은 흰 고무신을 보고 여러 해 전에 고인이 된 시아버지께서 오신 줄로 착각한다. 주춤주춤 물러나며 문을 닫는다.

　시아버지 계신 집에 선뜻 놀러와 줄 이웃을 사귀지 못한 부끄러움마저 들게 한다. 시아버지가 아니라고 손사래를 저으면서 이웃들을 불러들인다. 평발을 가진 남편이 '조선 나이키'를 신어야 하는 이유를 앵무새처럼 조잘거리다가 나는 수다쟁이가 되었다.

학부형은 안됩니다

해마다 수능시험일은 어김없이 기온이 뚝 떨어진다. 포근한 날씨가 계속되다가도 시험일만 되면 영락없이 수은주가 내려가니 조화속이다. 차가운 날씨는 수험생은 말할 것도 없고 학부모 마음까지 꽁꽁 얼어 붙게 만든다. 예년에 비해 한결 날씨가 따뜻할 거라는 일기예보에도 내 마음은 시베리아 벌판이다.

"따라가 줄까?"

"혼자 갈래. 뭐 대단한 일이라고……."

빈말이라도 고맙다. 남편은 나에게 학부형이 되어서 염려를 한다. 남편의 눈빛도 걱정하는 내 속마음과 별반 다르지 않다. 아내가 공부를 한다고 시작은 하였으나 여러 가지 사정으로 학업에 전념하지 못한 까닭을 누구보다 더 잘 알고 있기 때문이다.

늦은 나이에 공부를 시작하였다. 새치가 성성해진 나이에 시작한 공부, 수능시험까지도 한번 경험해 보는 것이라 생각하고 부담을 갖지 말라며 격려를 해준다. 혹시라도 장학금까지 타

면서 학교에 다닐 생각은 아예 하지 말라는 우스개소리까지 덧
붙인다.

고사장인 J여고는 대중교통으로 30여 분 거리에 있다. 그런
데도 괜히 마음이 조급하다. 막 집을 나서려는데 가까이 살고 있
는 셋째 여동생이 도시락을 준비해 가져왔다. 보온병에 국과 따
뜻한 물을 따로 담았다. 하얀 쌀밥이 특별한 의미로 전해졌다.
보릿고개 세대인 나에게 쌀밥은 희망이고 힘이었다.

김밥을 준비하려다 추운 날씨에 혹시 체할까 싶어 평소 먹
던 대로 준비했다며 건네준다. 아는 답만 쓰라고 실없는 농담까
지 해주며 격려를 아끼지 않는다. 동생의 마음 씀씀이가 더없이
고맙다. 김밥이나 두어 줄 사고 생수나 한 병 가지고 가려던 참
이었다.

아이들이 수능시험을 볼 때 나는 빵점짜리 엄마였다. 다른
엄마들처럼 학원가를 전전하거나 과외수업으로 극성을 부릴 능
력도 재력도 없었다. 시험 당일도 수험표를 잃어버린 아이에게
조금 먼저 가서 임시수험표를 받으라고 서둘러 보낸 것이 고작
이었다.

그랬던 내가 한풀이 공부를 시작하고부터는 목엣가시처럼
걸린다. 생각할수록 아이에게 두고두고 미안하다. 엄마가 해주
는 밥 먹고 공부만 하는 것이 어려울 게 뭐 있느냐고 몰아 세우
는 것이 다였다. 고3 수험생 엄마로서 자격미달이었다.

가슴이 두근거렸다. 물려줄 재산도 없지만, 자식들에게 재

산을 물려주면 얼마나 고맙게 여기겠나? 부모가 안 입고 안 먹으며 아끼고 절약한 속사정을 자식이 얼마나 알아주겠나? 우리 자신도 부모님이 베푼 은혜를 그렇게 감사하게 생각하고 살고 있는가? 이제는 부모도 하고 싶은 것 좀 하고 살아야 되지 않겠느냐며, 백배 용기를 주던 남편이었다.

아이들에게 더없이 미안했다. 남편도 자식에게도 한없이 염치가 없었지만, 고마운 마음으로 용기를 내어 하던 공부였다.

공부하고 싶다는 아내의 마음을 헤아려 주는 남편이 그저 고마울 뿐이다. 이 나이에 배워 무엇이 되고자 하는 꿈은 없었다. 돌아서면 잊어버리는 기억력에 번번이 백기를 들고 싶었다. 배운다는 사실만으로 족했었다. 그런 까닭에 수능시험을 보려고 고사장으로 가는 발걸음이 무겁지만도 않았다. 결과의 무게를 전혀 느끼지 않는 엉터리 수험생이다. 수능점수가 안되면 '만학도 특별전형' 이란 비장의 무기가 있다.

수험표를 가슴에 달고 고사장으로 당당하게 들어갈 만큼 자신만만한 실력이 못된다. 수험표를 꺼내기 쉽게 겉옷 주머니에 가볍게 찔러 넣고 고사장 안으로 들어갔다.

"학부형은 들어 가시면 안됩니다."

교문을 지키는 수위 아저씨가 재빨리 앞을 가로 막는다. 나이 오십을 넘긴 아주머니의 수학능력시험 고사장 출입은 가당치 않을 수 있다. 평범한 잣대로 보면 당연하다. 뉴스에서 70대 고령자가 학문을 닦아 좋은 결과를 나타내 보여 화제가 되는 경우가 간혹 있다.

그러나 상식으로 생각하면 안달맞고 극성맞은 학부모가 고사장 출입을 하려는 행위로 보여질 수 있다. 나는 겸연쩍어 하며 부끄러운 듯 주머니에서 수험표를 꺼내 보여 주었다.

"제가 수험생인데요."

수위 아저씨가 환하게 웃으며 어서 들어가라며 승리의 V자를 크게 그려준다. 내 자리는 맨 중앙이다. 감독관 두 명이 굴리는 눈동자가 시퍼렇게 종횡무진 사선을 긋는다. 컨닝의 컨자도 옴짝달싹못할 만큼 삼엄하다. 칼날처럼 반짝거리는 시선이 차갑다. 등짝에 서릿발이라도 내려올 듯 으스스 한기마저 돈다. 가슴은 모닥불을 지핀듯 바작바작 타 들어가고 조바심에 애가 마른다.

학생들의 12년 동안 쌓아온 실력이 하얗게 재를 남기며 타 들어 간다. 그러나 내 가슴은 속절없이 타 들어가는 까만 숯덩이에 불과하다. 이렇게 쉬운 것도 수능시험에 나올까 할 정도의 문제도 있고, 운전면허시험은 사지선답중 긴것이 정답이지만, 수학능력시험은 짧은 것이 답일 수도 있다고, 보기에 마이너스 1이 나오면 틀림없이 그 번호가 정답이라는 등 찍기 방법을 사전에 입수했다. 그러나 깊이를 도무지 잴 수가 없어 찍기로 정답을 가려 낼 재간이 없다.

언어영역 첫 시간은 그나마 수월하게 지나갔다. 지문을 읽어가기도 빠듯한 시간이지만, 간간히 정답이 보이는 것이 신기했다. 과학과 사회탐구 시간도 그냥저냥 시험지와 힘겨운 씨름을 했다. 가뭄에 콩 나듯 정답이 얼핏 스쳐갔다. 활자들과 눈싸움이라도 할 수 있으니 얼마나 다행인가.

문제는 수학이었다. 세월이 수능능력시험 수학시간만큼 더디게 흘러간다면 세세토록 천수를 누릴 것만 같다. 고개를 들어 목운동이라도 하고 싶었지만 감독관과 눈이 마주칠까 봐 두려웠다.

수학시험 시간 내내 시험지 여백마다 사각사각 낙서를 해야 했다. 이 나이에 사서 고생을 한다는 후회가 막심했다. 공부를 하고 싶어도 할 수 없었던 서러웠던 과거를 더듬으며, 이 시간에 느끼는 고통쯤은 행복한 고민이라 위안을 한다. 그러나 시간은 고장 난 시계처럼 꼼짝도 하지 않는다.

옆줄에 앉은 여학생은 아예 엎드려 있다. 잠을 잘 리야 만무하겠지만, 외관상 보여지는 모습은 내가 더 나아 보인다고 스스로 위안을 삼았다. 시험문제를 풀지 못하는 사정이야 각기 다르다 해도 안타깝기는 마찬가지다.

고개를 살짝 돌리지도 못한 채 진종일 깨알같은 글자와 씨름을 했다. 오전 8시 50분에 입실하여 오후 5시가 넘어서 끝이 났다. 시험이 끝나고 감독관 선생님께서 나를 자리에서 잠깐 일어나라고 부탁을 한다.

"학생 여러분, 여러분 부모님보다 훨씬 연배가 높으신 분도 여러분과 함께 하루 종일 시험을 보셨습니다. 여러분도 힘과 용

기를 갖고 열심히 공부하시고, 우리 다 함께 힘찬 박수를 쳐 드
립시다."

학생들이 일제히 우레와 같은 박수를 쳐 준다. 얼마나 쑥스
럽고 민망하든지 나는 얼굴을 들 수가 없었다. 내 아이들이 힘들
게 겪은 입시지옥, 그 고충을 다소나마 감지할 수 있었던 경험이
라고 여겼다.

공부가 제일 쉬웠다는 어느 고시생의 인터뷰가 한없이 낯설
게 기억되었다. 해주는 밥 먹고 공부만 하는 것이 뭐 그리 어려
우냐고 대책없이 몰아 세웠던 날들이 마냥 부끄럽다. 정신적으
로 무척이나 힘들고 고된 하루였지만, 내 생애 가장 소중한 추억
으로 오래오래 기억될 것이다.

입으로 낳은 아이

고아 수출국 4위라는 불명예를 씻으려는 듯, 입양아를 가슴으로 낳은 아이라 부르며 국내 입양을 적극 권장하는 게 요즘 추세다. 전쟁시 어쩔 수 없이 발생한 고아들이 아니고, 부모이기를 포기하는 어른들의 잘못된 생각으로 생겨난 고아 아닌 고아들도 많다. 이혼 등으로 인한 가정파괴가 가져온 결과라는 생각에 미치자 자식을 낳아 키우는 어미로서 적잖이 분노를 느낀다.

가까이에 가슴으로 낳은 아이보다 더 소중한 아이가 둘이나 있다. 입으로 낳은 아이, 말의 힘으로 태어난 옥같이 귀하고 자랑스러운 아이다. 1970년대, 정부는 '가지 많은 나무에 바람 잘 날 없다'는 말로 시작해서 '아들 딸 구별 말고 둘만 낳아 잘 기르자', '잘 키운 딸 하나 열 아들 부럽지 않다.' 그것도 모자라서 '한 집 건너 한 자녀 두기' 등의 가족계획 구호를 끊임없이 외쳐대며 실천하기를 권장했다.

그것이 전부이고 의무인양 바람 잘 날 없다는 가지 많은 나무에 가지치기를 끝없이 부추졌다. 불과 30년이 못 되어서 주먹구구 정책임이 드러났다. 인구 감소와 노인문제가 대두되는 지경에 이르자 자녀 많이 낳기 캠페인을 다시금 떠벌린다.

가지 많은 나무에 바람 잘 날 없다고 사정없이 가지치기를 해버렸기 때문에 황혼녘에 마땅히 쉴 그늘이 없어졌다. 열 자식 거두다 보면 부모 모실 자식도 있으련만 과감하게 가지치기를 해버렸으니 누구를 탓할까? 심각한 노인문제, 가족계획에 열을 올리던 국가가 책임질 만도 한데 나 몰라라 한다.

어쨌거나 입으로 낳은 첫 번째 아이는 시아버님이 입으로 낳은 아이다. 가족계획 운동이 절정에 달할 즈음, 나는 아들 둘을 두었기에 불임시술을 하였음에도 시부모님은 딸 하나 있었으면 하고 아쉬워 하였지만, 노여움은 크게 사지 않았다. 그러나 시부모님과 함께 사는 맏동서는 사정이 달랐다. 1남1녀를 두고, 아들 하나 더 둘 욕심을 부렸지만 셋째 아이는 딸이었다. 딸 아들 구별 말고 둘만 낳자고 부르짖던 시기에 위반을 했다.

단산을 결심한 맏동서가 불임시술을 할 양으로 보건소 직원을 따라나서다 시아버님에게 그만 들켜버렸다. 외아들을 되똑하게 마음 조이며 키울 거냐며 몹시 노하시고, 큰며느리를 끝내 집안으로 끌어들였다. 다시는 내 집 문전에 얼씬하지 말라고 했다며, 보건소 직원을 몰아낸 걸 두고두고 자랑스러워 하셨다. 아버님의 바람대로 맏동서의 막둥이는 아들이었다.

아버님은 툭하면 맏동서의 막둥이 아들을 가리키며 저 녀석은 내 입으로 낳은 아이라고 자랑하셨다. 동갑인 막내동서의 큰 아이와 아버님이 입으로 낳은 아이를 눈에 띄게 차별하였다. 아버님이 입으로 낳은 아이 역시 할아버지를 잘 따라 많이 행복해하셨다.

시아버님은 십수 년 전에 작고하였고, 그 아이도 어느새 늠름한 청년이 되었다. 형이야 누이들이 부모님 곁을 떠날 만큼 커버렸다. 자식이 여럿이라도 빈집같은 자리를 새삼스레 지키는 막내아들이다. 시숙님 내외도 아버님께서 주장하시는 입으로 낳은 아이를 대견해 하며 많이 고마워 하실 것이다.

두 번째 입으로 낳은 아이는 내 손녀딸이다. 고등학교를 남녀공학을 다닌 아들아이가 꽤 오랫동안 여자 친구를 사귀었다. 20세를 넘긴 성년이 되어도 다정하게 지내는 것이 어쩐지 염려스러웠다. 아들을 앉혀놓고, 어느 때는 두 사람을 불러놓고 어색한대로 허술하기 짝이 없는 성교육을 시켰다.

아들의 여자 친구에게 "남자는 말이야, 늑대 근성이 애초부터 있거든. 혹시라도 수상쩍게 행동하면 나한테 일러라"고 했다. 엄마는 아들을 늑대로 만들 거냐며 헤픈 웃음을 보였지만 깊은 정을 알아차리지 못했다. 두 사람에게 틈틈히 이르기를, 만약에, 정말 만약에 만에 하나라도 책임질 일을 했다면 어떤 일이 있어도 책임을 져야 한다. 어떤 이유로도 생명을 함부로 하는 일은 없어야 한다고 수 차례 반복했다. 어미의 교육이 효과가 없었나 보다. 아니, 진정 커다란 효과가 있었다.

어느 날 갑자기 내게 할머니 자격증을 불쑥 내밀었다. 귀한 생명을 함부로 하지 말라고 누누이 일렀건만, 가슴은 콩닥콩닥 방망이질이다. 서둘러 결혼식을 준비했다. 아닌 밤중에 홍두깨라고, 느닷없이 결혼식을 알리는 바람에 친척과 지인들이 아들이 혼수를 미리 장만했느냐며 몹시 궁금해 했다.

내 핏줄, 소중하고 귀한 생명을 잉태했는데, 흔히 남들이 하는 것처럼 내 아이가 사고를 쳤다는 말을 차마 입에 올릴 수가 없었다. 아들이 첫사랑은 이루어지기가 힘든 법인데, 힘들게 첫사랑에 골인했다고, 그래서 할머니가 될 자격증을 준비하는 것이라고 당당하고 여유있게 말했다.

그런 연유로 한 생명의 탄생을 기꺼이 허락하고 할머니가 되었다. 말의 힘으로 내 손녀가 태어났다고 생각하니 기쁘다. 앞뒤가 제대로 맞지 않는 주먹구구요, 허술하기 짝이 없던 성교육이 빗나가지 않았다. 생각하면 아찔하다. 모른 체 무관심했더라면, 아직 부모가 될 준비가 되지 않은 상태에서 잘못 처신했더라면 낙태를 생각했을지도 모를 일이다. 내 고운 손녀가 한 점 이슬로 사라졌을지도 모를 일이다. 생각하면 끔찍하다. 이 세상에 축복받지 못할 생명은 단 하나도 없다.

시아버님의 입으로 태어난 아이는 아들 선호사상으로 세상에 나왔다. 내 손녀딸은 내가 한 말의 힘으로 태어났음을 자부한다. 더없이 소중한 보물처럼 귀한 두 사람에게 언제까지나 축복이 있기를 빌고 또 빈다.

허공에 쓰는 편지

'슬픔은 예술을 낳는다. 세기를 막론하고 외국 작가든 국내 작가든 유명한 작가들의 생활사가 그리 순탄치만은 않다' 라는 말을 들을 때가 있다. 그런 소리를 접할 때마다 나는 불후의 명작을 남기느니 평범한 삶에 속하다가 생을 마치리라는 엉뚱한 허상에 잠겨 혼자 웃는다. 그러나 내 안에 웅크리고 있는 뚱딴지를 쫓아낼 생각은 추호도 없다.

어느 날, 친정집 막내의 책꽂이에서 '우리들의' 하고 행간을 꽤 많이 띈 '행복한 시간' 이란 책의 제목이 눈에 들어 왔다.

'행복한 시간' 이란 단어가 내 마음을 흔들었다. 행복이라는 추상명사를 사람들은 저마다 다르게 인용하는데, 남들은 어떤 기교를 부리며 사용하는지 궁금했다. 그 동안 내가 노래하던 행복은 유별나게 요사를 부렸다.

첫 장을 읽고 나서, 근래에 드물게 쉬지 않고 책장을 넘겼다. 나는 50대 중반의 문예창작과 학생이다. 수업을 하기 위해

교재로 지정된 소설도 이런저런 핑계를 대며 겨우 읽는 형편이다. 눈이 침침하다는 것이 첫 번째 이유다. 돋보기를 쓰고 30분 이상 책을 들여다보면 눈알이 뱅뱅 돌고 골치가 욱신거린다.

그런데 『우리들의 행복한 시간』은 앉아서 누워서 끝까지 독파했다. 나는 오래 전에 척추수술을 하여 등이 굽었다. 같은 자세를 10분 이상 유지하기가 힘든 구조로 골격이 변했다. 나이 들면서 어깨가 자꾸 귓불을 향해 올라간다. 속 모르는 이들, 특히 사진이라도 찍을라치면 사진사의 특별 주문에 짜증이 난다.

‘어깨에 힘 좀 빼세요.’

그야말로 그럴 때는 어깨에 힘이 절로 빠진다.

책을 읽는 내내 가정이라는 울타리는 함부로 무너뜨려서도 안되고, 부모와 자식으로 만난 인연은 어떠한 일이 있어도 절대로 연을 끊어서는 안된다는 마음이 들었다. 사형수의 일기를 토대로 쓴 소설이다. 주인공의 아린 가슴을 치료해 주지 못한 우리 사회 모두가 죄인인 거 같아서 울컥울컥 응어리져 올라오는 감정을 주체할 수가 없었다. 나도 그 많은 죄인중 한 사람이라는 생각이 들자 왈칵 눈물이 쏟아졌다.

상가에서 유난히 슬프게 우는 상주나 문상객이 있다. 애통해 하고 서럽게 우는 그들을 보고 사람들은 제 서러움에 운다고 말한다. 이 소설을 읽으며 아닌 게 아니라 내 서러움이 북받쳐 올랐다. 3년 전의 일이다.

그때 나는 50대 초반의 새내기 대학생이었다. 중간고사 이

틀째 골머리를 싸매고 전전긍긍 몹시 힘들어 할 때였다. 수박 겉
핥기식으로 중고교 과정을 마치고 어렵게 대학에 발을 들여놓았
다. 자신에게 장하다, 너는 할 수 있다며 모진 채찍질을 해가며
어렵게 책장을 넘기고 있었다.

그때, 친정어머니의 위암 소식은 학교생활 전부를 엉망진
창으로 흔들어 놓았다. 공부도 팔자라고 했던가? 청소년 시기에
했어야 할 공부를 나이 들어서 하기란 결코 쉽지 않았다.

남들이 책가방을 메고 학교 다닐 시기에 돈을 벌어야 했던
아픈 추억이 가슴 저 밑바닥에서부터 자꾸만 꾸역꾸역 기어 올
라왔다. 오랜 세월을 삭이며 억지로 순화시킨 감정들이 흙탕물
을 일으켰다.

병든 어머니가 원망스럽기까지 했다. 낮에는 병원으로, 밤
이면 학교로 향했다. 공부가 귀로 들어오는지 눈으로 들어오는
지 정신이 하나도 없었다. 그러면서도 포기하지 않았던 것은 내
가 어떻게 여기까지 왔는데 하는 오기가 작용했던 것은 두말할
나위도 없다.

나에게 대학은 높고도 높은 상아탑이었다. 한 순간 바벨탑
으로 전락될까봐 어머니를 원망하면서 광대놀음을 하기 시작했
다. 낮엔 병원에서 착한 딸 가면을 쓰고, 밤에는 야간대학교 모
범학생 가면을 뒤집어썼다. 두 얼굴을 가진 피에로였다.

나의 양면성을 들키지 않으려고 무진 애를 썼다. 어머니는
괴로워하는 큰딸의 두 얼굴을 보지 못했다. 묻지도 않는 데도 만

나는 사람마다 자랑을 한다.

"저 나이에 대학을 다닌다오. 부모 잘못 만난 죄지, 다 내 죄야."

말끝마다 어머니는 당신 죄라고 치부한다. 끝도 없이 되풀이되는 당신의 죄를 단절시키지 못했다. 끝없이 반복되는 어머니의 푸념은 이제 진저리가 났다. 매일 병원과 학교를 오가며 어머니 곁을 주시했다. 그런 나에게 사람들은 속도 모르고 효녀라는 수식어로 꼼짝없이 가둔다.

메마르고 아린 내 기도가 하늘에 닿았음일까? 칠순을 넘긴 노인, 위암 3기말, 성공률 15%도 안된다며 크다는 병원 몇 군데에서 수술을 거부했을 만큼 상태는 심각했었다. 정말 기적이라고 믿고 싶었다. 수술은 성공적으로 끝났다.

암으로 판정되었을 당시 치료받기를 거부했던 처음과 달리 어머니는 회복단계를 향하여 사력을 다해 무섭게 기어오르고 있었다. 적령기를 넘긴 막내아들을 결혼시켜야 한다는, 그래서 더 살아야 한다는 섬뜩하도록 앙칼진 집념이었다.

어머니가 그쯤이면 나도 학교를 휴학하든지 자퇴를 하든지 양단간 결정을 내렸어야 옳았다. 그래야만 자식 도리를 벗어나지 않게 할 수 있었다. 그러나 내 집념도 어머니 못지않게 고집스럽고 아귀찼다. 먼 훗날 가슴을 치며 후회할 거라는 계산을 안 한 것도 아니다. 그럼에도 불구하고 2학기 준비를 하고 있었다.

내 열정은 어머니를 향한 원망으로 어두운 갈색이었다. 하

늘이 무너져도 학교는 가야 한다는 앙살스런 고집이 어머니의
애틋한 삶에 대한 미련과 팽팽하게 맞서서 한 치도 양보하려 들
지 않았다.

　지독하게 가난했던 집 7남매의 맏이로서 많은 것을 양보했
다. 상급학교에 진학할 수 없었던 상처가 끝내 아물지 않았다.
결혼하기 한 달 전까지 벌은 돈을 막내 여동생의 중학교 등록금
으로 아낌없이 썼다. 혼수도 어머니가 챙겨 주는 대로 한마디 불
평도 하지 않았다.

　그런데 어찌된 일인지 억울하다는 생각이 삶이 지치고 힘들
때마다 빳빳하게 고개를 쳐들었다. 가슴앓이는 점점 한으로 쌓
여졌다. 경제적 여유도 시간적 여유도 부족한 상태였다. 그러나
더 늦기 전에 꼭 해야만 할 것 같았다. 기어코 2학기 등록을 마쳤
다. 그야말로 자고 나면 머리털이 하얗게 세는 2학기 중간고사
에서 겨우 해방된 10월 중순이었다. 그때, 예고도 없이 커다란
시련이 내 앞을 우뚝 가로막았다.

　병고에 시달리는 친정어머니를 원망했던 죄, 마땅히 벌을 받
아야 할 순간이 발 밑까지 젖어오는 기색을 전혀 눈치 채지 못했
다. 야간 수업시간이었다. 휴대전화가 쉬지 않고 진동으로 덜덜
거렸다. 밖으로 나가서 확인하고 싶은 걸 간신히 참았다.

　나는 수업시간에 들락날락하지 않는 자칭 모범생이었다. 드
디어 수업은 끝났고, 발신자 번호를 확인했다. 막내 시동생이었
다. 몹시 화난 목소리는 톤이 올라갈대로 올라가서 귀청이 떨어

져 나갈 정도였다.

"형수, 지금 어디 있어요?"

"왜요, 무슨 일 있어요? 나 지금 아직 학교예요."

"형이 지금 어디 있는 줄 알기나 해요?"

심히 딱하다는 듯 각지고 날이 선 목소리였다. 한 치의 여운도 남기지 않고 뚝 끊어버린다. 불길한 마음에 시동생 휴대전화 번호를 다시 눌렀다. 집에 와서 이야기하자는 말로 일축하고 끊어 버린다.

건축 현장에서 성실했던 남편은 세상 물정에 어두웠다. 소도시 변두리에 조그만 땅을 마련해서 창고를 지어 세를 놓았다. 평생 아끼고 모은 피같은 전 재산이었다. 월세 150만원이 또박또박 들어왔다. 알차고 오졌다. 알뜰하게 관리하면 노후대책으로 더없이 든든하다며 좋아했다. 백만장자 부럽지 않았다.

그런데 믿는 도끼에 발등이 찍혔다. 남편은 지인으로부터 소개받은 부동산업자에게 사기를 당했다. 남편은 나를 호강시켜 주려고 비밀로 했다는 어리석기 짝이 없는 고백을 했다. 서울 근교 도시들에 한창 투기바람이 불었는데, 거기에 투자를 해서 몇 번만 잘 굴리면 재산이 기아급수로 늘어난다는 말에 넘어갔다.

창고를 팔겠다고 했을 때 세세히 묻지 않고 끝까지 말리지 못한 것을 천추의 한으로 생각한다. 부동산업자의 농간이었다. 당시, 투기금지 대통령 특별지시로 그야말로 재수없게 걸려들어 구속되었다. 투기꾼들은 빠져 나갈 구멍을 만들어 놓고 일을 벌인다.

대통령 특별법이라고 했다. 부동산 투기를 모조리 잡아 족치라는 엄명에 내 남편이 일차로 걸려들었다. 부동산 투기를 절대 막아 서민이 없는 모두가 잘 사는 나라로 만들겠다는 특명이 피라미 한 마리를 잡아 가두고 일망타진한 듯 승전고를 울리는 것 같아서 못내 억울했다.

나중에 알려진 바로는, 부동산업자에게 남편 말고도 네 명의 투자자가 더 걸려들었다. 그러나 그들은 소액이었고, 가장 많은 돈을 투자한 남편에게 이사라는 직함을 부여했다. 서류 곳곳마다 서명날인을 한 죄로 영락없는 투기꾼이 되었다.

노인복지시설을 지으면 나라에서 보조금도 나온다며, 앞으로 할 일은 그 사업밖에 없다며 땅 짚고 헤엄치는, 꿩 먹고 알 먹는 장사라는 그럴 듯한 계획에 솔깃해서 전 재산을 투자하고도 돈한 푼 만져보지 못했다.

전라도 어딘가 황무지 땅을 투자자 네 사람 명의로 사놓았다는 게 전부였다. 그마저 제대로 작성된 땅 문서를 여태껏 보지 못했다. 땅 문서를 저당잡히고 대출을 받아 공사를 하다가 부도가 났다는 말도 안되는 변명을 입에 침도 안 바르고 하던 부동산업자는 뒤로 쏙 빠지고 남편은 남양주경찰서에 갇혔다.

기가 막혔다. 사람이 살면서 병원과 경찰서 문전을 드나들지 않고 살면 잘 사는 거라는 말을 진리처럼 알고 살았다. 억장이 무너진다는 말과 피가 거꾸로 솟는다는 말을 실감했다. 남편과 나는 법을 어기는 일 하고는 열촌도 넘게 나름대로 착하게 살았다고 자부했는데 하늘이 노랗다.

우직하게 살아온 남편에게 전혀 어울리지 않는 경제사범이란 죄목이다. 사람들을 대하기가 두려웠다. 경찰서 안에 있을 때 어떻게 손을 써 보려고 했지만, 배경없고 힘없는 서민의 능력으로는 어쩔 도리가 없었다.

아얏 소리 한번 못 질러보고 남편은 의정부교도소에 수감되었다. 나는 하루도 거르지 않고 남편을 면회하러 의정부교도소에 갔다. 면회시간을 기다리며 장문의 편지를 써서 들여보냈다. 서신 접견이라는 것이다. 평소에 사랑한다는 말을 해본 적이 있었던가? 기억도 없다. 편지마다 사랑한다고 온갖 미사여구로 치장한 연서를 남편에게 들여보냈다. 내가 할 수 있는 일이라고는 고작 그것밖에 없었다.

입을 열면 끝내 눈물을 보일 것같아 아무 말도 못하고 서있는 나에게 항상 남편이 먼저 말을 건넨다. 괜찮다고, 운동도 하고 샤워장도 있고 음식도 먹을 만하다고, 그냥 다 괜찮다고 나를 달래는 몇 마디 말을 하고 나면 이내 목이 메어 정작 해야 할 이야기는 잊어버린다. 면회시간 7분이 7년만큼 지루하다.

그런 것은 아무래도 좋았다. 초등학력이 전부인 50대 아내에게 중고교 과정부터 시작해 대학까지 보내 준 남편, 아내의 학부형 노릇은 교도소 안에서도 여전했다. 면회를 마치고 나면 막내딸 대하듯 "학교 가야지," 마무리 인사는 한결같았다. 그런 남편의 뜻을 저버릴 수 없다고 변명을 한다.

대본없는 인생드라마, 비극의 주인공을 자주 떠안고 가는 내 인생에 왜 하필 남편이 조연으로 등장했는지? 남편이 내 운명에 그림자처럼 따라오다 천지간에 잘못 놓아진 덫에 걸려 넘어진 사람으로 여겨졌다. 통곡을 하고 싶었다.

유리 속으로 볼 수밖에 없는 남편의 얼굴과 손이라도 만져 볼 수 있다면 더없이 행복할 거 같았다. 얼마나 낯간지러운 소망인지 하늘을 우러러 부끄럽기까지 했다. 남편이 내 곁으로 돌아오는 날, 으스러지게 껴안아 주고 진한 사랑을 퍼부으리라 수없이 다짐했다.

남편의 수감생활, 엄밀히 따지면 죄다. 그런데 자꾸만 억울하다는 생각을 떨쳐 버릴 수가 없었다. 투기와 불법을 밥 먹듯하면서 돈을 갈퀴로 긁어 모아 떵떵거리고 살면 모두가 우러러보는 세상이다.

남편의 피와 땀으로 뭉쳐진 돈, 우리 가족 모두의 호강을 외면한 지지리 궁상이 속속들이 배인 돈, 내 아이들의 학원비도 과외비도 돌부처처럼 외면했던 돈, 자린고비가 내 안에서 제왕처럼 군림했던 돈, 우리 가족 모두의 생명과도 같은 돈의 행방은 지금까지 오리무중이다.

지친 몸으로 노년까지 공사판에서 힘들게 일하지 않아도 된다는데, 투자를 하기만 하면 한 탕에 몇 배로 남는다는데 솔깃하게 안 넘어 갈 사람이 어디 있겠나 싶었다. 대한민국은 법치국가

라고 큰소리치지만, 돈없고 배경없는 사람에게 법은 죽어가는
작은 새에 불과했다.

결혼생활 30년 넘게 지지고 볶으며 살았던 수많은 날, 미워
했던 날들을 모조리 탈탈 털어냈다. 장문의 반성문을 수없이 써
내려갔다. 모진 잠, 한잠을 자고 나면 첫새벽에 여전히 집을 나
선다. 강변역으로 가서 의정부행 버스를 탄다. 그래야 남편의 얼
굴을 다시 볼 수 있기 때문이다. 세 개의 시를 통과하는 시외버
스 기사는 승객이 버스에 오를 때마다 행선지를 묻는다. 행선지
마다 요금이 다르기 때문이다.

"의정부교도소 앞이요."

내 목소리는 잔뜩 주눅이 들었다. 그 앞에 마을도 있고 교도
관의 사택도 있다. 나조차 죄인의 모습으로 주눅들 필요는 없다
고 생각한다. 당당할 것도 없지만 우리는 잘못한 것이 없다고 아
무나 붙잡고 악다구니를 쓰고 싶었다.

교도소로 들어가는 정문을 일부러 피해서 간다. 한 정거장
미리 내려 교도관 사택이 있는 오솔길로 들어선다. 교도관 사택
을 지나 산길을 천천히 올라가며 숨을 고른다. 갈참나무와 큰 소
나무들이 빽빽하다.

가랑잎과 솔가리가 수북하게 쌓여있는 걸 보면 아깝다는 생
각이 든다. 춥고 배고팠던 시절을 더듬는다. 이 가랑잎 솔가리
전부가 내 것이라면 우리는 얼마나 따뜻한 겨울을 지낼 수 있을
까? 산 임자는 두 눈에 불을 켜고 나무 갓을 지킨다. 갈퀴로 먼지

가 나도록 박박 긁어 나무광에 처덕처덕 높이높이 쌓아놓는다.

내 산이 없는 가난한 집은 야밤에 도둑처럼 (아니 도둑이다) 남의 산에서 청솔 곁가지라도 몰래 베어다 놓지 않으면 가슴까지 시린 추운 잠을 자야 했다. 그 깊고 추운 겨울밤을 벌벌 떨며 살았던 기억으로 어디쯤을 걷다 보면 내 어깨에 힘이 불쑥 들어간다.

그래, 남편의 손만 잡을 수 있다면, 그가 내 곁으로 돌아온다면 한 마디 투정도 하지 않고 행복한 삶을 살리라 다짐을 한다. 유행이 바뀐들 어떠랴. 든벌 난벌 입을 수 있는 옷가지들이 옷장 속에 가득하다. 나는 천성이 어린시절 춥고 배고팠던 기억을 싹둑 잘라내지 못하는 지병을 앓고 있다.

그런 까닭에 당장 필요치 않은 물건들이 집안 곳곳에서 숨조차 쉬지 못하고 엎어져 있다. 사람들이 이제는 제발 버리라고 성화를 부리던 물건들이다. 언젠가 유용하게 쓰게 될 물건인양 껴안고 살았다. 얼마나 잘 한 일인가?

면회 신청을 하고 나면 나는 어김없이 대기실 한 옆에 마련된 서신접견 의자를 차지하고 앉는다. 공수표로 다시 날아올 연서, 낯간지러운 사랑의 편지를 길고도 길게 쓴다. 남편은 누구를 위하여 종을 울리다가 영어의 몸이 되었나? 당신 한 몸 잘 먹고 잘 살자고 그렇게 거친 몸부림을 친 게 아니다.

그런 남편을 온몸으로 사랑하지 못하고 살았나 생각하면 죄인은 바로 나였다. 늦은 나이에 공부하겠다고 경제적 압박을 가했다고 생각하니 가슴이 터질 것만 같았다. 엉엉 울어버렸다.

교도소 담장 안의 그깟 내 눈물은 눈물축에도 들지 못한다. 값싼 동정조차 받지 못한다. 더 짜고 매운 눈물이 사방에서 넘쳐 흐른다. 내 눈물 따위는 누구도 거들떠 보려고도 하지 않는다. 나 혼자 가슴을 친다.

배운 거 없고 부모로부터 물려받은 재산 없는 가난한 사람들, 가난이 끝없이 대물림되는 이 나라에서 내 대에서 지긋지긋한 가난을 떨쳐 버리고 싶었다. 남들 다 하는 거 딱 한 번 해 보았을 뿐인데, 그것도 보기좋게 안타도 때려보지 못한 내 남편을 왜 가두었는지 묻고 싶었다.

유난히 눈발이 잦던 그 해 겨울, 법치국가에서 황송하고 고맙게도 선심을 썼다. 초범이라고 해를 넘기지 않았다. 특별사면이란다. 입술을, 아니 어금니를 꽉 깨물었다. 어떤 난관이 있어도 학업을 계속하리라. 배우지 못한 서러움을 온몸으로 느끼던 한을 철저하게 풀어보리라.

나는 지금 마지막 학기를 남겨 둔 졸업반이다. 허나, 그후로 우리 집 경제사정이 최악이다. 그러나 한 번도 휴학을 하지 않았다. 희망을 버릴 쓰레기통을 미리 준비할 수는 없었다

화려한 외출

그녀가 전화를 했다.

"얘, 너 이번 연말에 시간 좀 내라. 너도 알지? 우리 남매계 망년회 때 모이잖아. 이번에 삼척에 사는 내 사촌동생 집에서 모인다. 30일 날 모여서 하룻밤 놀고 1월 1일은 각자 개인플레이 하기로 했어. 너 31일 날 삼척으로 내려와. 내 차로 동해안 남쪽으로 쭉 달려서 포항까지 가는 거야. 포항 사는 내 친구한테 연락해 놨어. 거기서 회 먹고 대구로 가서 윤주 보고 오자."

구미가 확 당긴다. 그러나 남편에게 허락을 받아낼 수 있을지 모르겠다.

"가만 있어 봐. 아무개 할아버지 들어오면 물어 보고 전화해 줄게."

주말마다 손녀를 데려오고, 주말을 손녀와 보내고 있는 내 사정을 그녀도 잘 안다. 왜 그렇게 사느냐? 이제는 오롯한 네 시간을 가져야 되지 않느냐? 닦달을 하다 지친 그녀다. 그녀 역시 외손자를 보았다. 사돈댁이 직장생활을 하는 딸을 대신하여 손자를 돌본다. 그런데 유독 내가 손녀에게서 헤어나지 못하는 걸 안타깝게 생각하는 그녀다.

그녀와 나는 올해로 36년 묵은 지기다. 서울에서 직장생활을 할 때 기숙사에서 같은 방을 쓰던 친구였다. 그녀와 급속도로 친해진 사연이 있다.

당시 근로자들이 일을 마치면 밤 9시였다. 방 하나에 사 오 명씩, 많게는 육 칠 명씩 쓰고 있었다. 그녀는 내 옆에서 자는 친구였다. 일을 마치고 소등을 하는 12시까지 할일이 태산같다. 씻고 세탁도 하고, 편지를 쓰기도 하고, 책을 보는 친구도 있고, 그 짧은 밤 세 시간을 귀신같이 활용하여 연애를 하는 친구들도 있었다.

편지쓰기가 취미요, 특기인 나는 저녁마다 편지를 쓴다. 고향 부모님은 물론 동생들에게도 따로따로 편지를 보낸다. 우리 집으로 배달되는 그 편지로 인하여 효녀 딸로 인정을 받기도 했다.

어느 날인가. 편지를 쓰려고 그녀와 나란히 방바닥에 엎드렸다. 주소가 빽빽한 그녀의 수첩을 넘겨 보았다.

"계집애, 아는 사람도 많다. 다 누구냐?"

"소개해 줄까? 한 번 골라 봐?"

킥킥대며 수첩을 건넨다. 그녀의 수첩을 뒤적거리다 이 사람을 소개해 달라고 손가락으로 가리킨 이름을 보더니, 하하 소

리 내어 웃는다. 김성우. 수첩에 적힌 이름중에 가장 세련되어
보였다.

"야, 이년아. 그러면 내가 너를 작은엄마로 불러야 해. 우리
아버지다."

박장대소를 하던 그녀의 얼굴이 일그러졌다.

"그 인간, 뭐 하고 사는지……"

아버지라고 하더니, 그 인간이라고 냉소를 머금는 그녀에게
갑자기 연민의 정이 느껴졌다. 한참을 머뭇거리던 그녀는 지켜
보았던 사람중에 가장 믿음이 가는 친구라며 자기의 가족사를
풀어 놓았다.

요약해 보면 이렇다. 돈을 벌어 오겠다던 아버지가 타지에
서 처녀 장가를 들어 살림을 차렸다고 한다. 이미 그녀를 비롯해
본가에 3남매가 있는데, 그쪽에도 자식을 두었다고 한다. 아예
본가는 들여다보지도 않아서 살림살이가 구차한 것은 말할 나위
도 없고, 더욱 기가 막히는 사연은 명절이면 본가에 들른 아버지
가 어머니와 무슨 애정이 남았는지 합방을 하여 쌍둥이 남동생
을 낳았다는 거였다. 열다섯 어린 나이에 서울로 남의집살이를
온 자기에게 급하게 내려오라는 전보가 와서 가 보니 아랫목에
쌍둥이 동생이 누워 있더라고……

아버지도 밉고 어머니도 미워서 통곡을 했단다. 아버지가
집 나간 지 벌써 몇 년째인데, 쌍둥이 아기를 낳은 어머니가 키
우기 힘들어서 너를 불렀다며 내려와서 아기를 함께 키우든지,

아니면 아이 없는 집에 양자로 달라는 사람이 있는데 어떻게 해야 할지 말이인 너에게 의논을 하려고 불렀다는, 소설같은 이야기를 남의 이야기하듯 담담하게 털어 놓았다.

그녀는 일주일을 곰곰이 생각하다가, 엄마의 업보이니 엄마 혼자 잘 키우라, 양자로 보내기만 해보라, 그러면 자식 인연을 끊겠다고 하고서는, 돈버는 대로 다 부쳐 줄 테니 열심히 키우라고, 그렇게 퍼붓고 다시 올라 왔다는 것이다.

그녀는 그때부터 피할 수 없는 운명은 전생의 업보이니 지고 갈 수밖에 없다고 체념했는지 모른다. 그후로 그녀와 나는 엎어지지도 유별나지도 않게 정을 쌓아갔다. 그녀는 단돈 십원을 헤프게 쓰는 일이 없었다. 어머니에게 송아지를 사 주고 산비탈의 밭 한 뙈기를 사 주고는 시집을 갔다.

그런데 남편이 외골수였다. 시어머니가 남편을 낳고 과수댁이 되어 15년을 수절하다 남편의 할머니인 시어머니와 아들을 데리고 개가를 한 그 아들이었다. 불우한 환경 탓인지 그녀의 남편은 성격이 모가 나 있었다. 모난 성격의 남편과 사느라 많은 풍파를 겪었다. 남편의 비뚤어진 성격은 술로 세상과 직면했고, 결국은 건강에 이상이 생겨 일찍 세상을 떠났다.

지금은 자신을 안쓰럽게 생각하는 친정어머니를 모시고 산다. 그녀는 필설로 다 설명할 수 없는 굴곡진 삶을 살면서도 한 번도 세상을 원망하는 것을 보지 못했다. 자신이 이승에서 갚고 가야아 할 업보라고 마음을 다스렸다. 지금 그녀는 꽃가게와 인테리어를 겸하는 작은 사무실을 운영하는 사장이 되어 있다.

수도학원 새벽반에서 검정고시를 준비하며 사업에 동분서
주 하는 그녀를 보면서 늘 감동을 받는다. 그녀를 보면 없던 힘
이 절로 난다. 내가 공부를 시작하도록 가장 큰 동기를 부여해
준 사람도 그녀다. 시간적 여유와 경제적 여유가 생기면 시작하
려던 만학의 꿈을 실천하도록 정신적으로 도와준 친구다.

그녀와 함께 대구에 사는 윤주가 내 만학에 첫 번째 불을 지
핀 친구다. 그렇게 우리들은 끈끈한 정으로 이어온 3인방 친구
들이다. 윤주가 제일 먼저 만학에 도전하여 대학원까지 마치고,
지금은 유치원 경영을 준비중이다.

3인방 중 그녀가 두 번째로 만학에 도전하였다. 사업상 바
쁜 관계로 학업을 지속할 수 없어 대학은 아직 가지 못했다. 그
러나 대학은 코스에 불과할 뿐이다. 그녀는 달리는 차 안에서조
차 시간을 헛되이 보내지 않는다. 차 안에는 학습용 카세트 테이
프가 언제나 가지런히 준비되어 있다. 가장 역할을 하는 그녀는
조금 늦는 것뿐이란다. 3인방 중 가장 늦게 시작한 내가 열심히
하는 것이 보기 좋단다.

"여보, 있지? 저기 말이야. 은진이가 있지?"

"아니, 또 무슨 소리를 하려고 빙글빙글 돌리고 있나?"

"은진이가 이번 연말에 저랑 시간을 가져주면 안되느냐고
전화가 와서 자기한테 물어보고 전화해 주겠다고 했거든."

어렵고 이만저만해서 그만하다는 이야기를 하였다. 쉬운 대

답을 기대하지 않았는데, 뜻밖에 아주 쉽게 갔다 오라며 승낙을
한다.

　남편은 그녀가 열심히 살아온 이야기를 나를 통해서 잘 알
고 있다. 결혼 초부터 간간이 우리 집을 방문하여 우정의 끈을
잇고 있는 그녀를 아내의 친구중 가장 신뢰한다.

　"나다. 어디냐?"

　"강남에 일 때문에 나왔어."

　갑자기 추워진 날씨에 자라목이 되어 이불 속에 몸을 묻고
여유를 부린 것이 미안했다.

　"춥지? 일찍도 나갔네. TV 앞에서 뒹굴고 있는 내가 염치
없네."

　"후후, 그건 네 복이고 이건 내 업보다. 미안할 거 없고, 신
랑한테 허락은 받았니?"

　"그래, 흔쾌히 다녀오란다."

　"그럼 내 차에 여행가방 미리 챙겨다 실어 놔."

　"그냥 내가 적당히 챙겨서 메고 갈게."

　그녀와 함께 할 날이 기대된다. 화려한 외출에 들떠 잠도 오
지 않았다.

영광의 학사모

숫기없는 남편이 맨정신에는 자신이 없었나 보다. 늦은 밤, 한잔 술을 거나하게 걸치고 들어와서 사방에 전화를 건다. 이미 말릴 수 없는 상황이다. 남편이 졸업식 날을 물어 왔지만 모른다고 했었다. 동네방네 떠벌리고 싶은 마음이 좀처럼 생기지 않았기 때문이다. 긴 세월 학생 신분을 즐긴 것뿐 이렇다할 어떤 결과를 낳지 못해 송구한 마음뿐이었다.

남편은 진작에 학교로 전화해서 졸업식 날짜를 알아냈나 보다. 가깝게 사는 여동생이 남편 앞에서 졸업식 날짜를 묻는다. 학교 홈페이지에 아직 올라오지 않아서 모른다고 얼버무렸다. 남편은 그래봐야 소용없다는 눈으로 나를 쏘아보기까지 했다. 처제에게 난수표를 던지듯 불쑥 던진다.

"언니 졸업식, 이천이백이십이야."

동생은 잠시 어리둥절하다가 제 딴에 쉽게 해석한 제 머리가 영특한지 칭찬하듯 쓰다듬기까지 한다.

"형부, 언니 졸업식이 2월 22일이네."

"이천이백이십이라니까."

"2월 22일 맞잖아요?"

"이월 이십 이일 두시."

남편은 처제보다 한 수 위라는 듯 의기양양하다. 그렇게 친정식구들에게는 졸업식 날짜를 간접적으로 알려 준 셈이다.

시댁 형제들이 지난 설날에 수차 물었지만 아직 날짜를 모른다고 했었다. 나이 먹은 올케요, 제수씨가 뒤늦게 한다는 공부가 달갑지 않을 수 있다. 같이 나이 먹어가는 처지인데 동생의, 오빠의 골을 빼낸다고 생각하면 시선이 곱지 않을 수 있다. 그 점이 늘 노심초사 눈치가 보였었다.

그런데도 불구하고 남편은 형, 누나, 동생들 가리지 않고 전화를 걸고 있다. 내일 설아 할머니 졸업식이다. 꼭 와서 축하해 달라는 부탁도 아닌 생떼를 쓰는 것처럼 보였다. 아니, 자랑하고 싶은 마음을 은연중에 드러내 보인다. 제 각각 살기 바쁜 세상인데 한가하게 시간을 내라고 저리 안달하는 속내가 뜨끔거리고 아프다.

시댁 8남매 모두가 고등학교도 제대로 졸업한 형제가 없다. 부모님이 무능해서, 교육열이 약해서라고 치부하기엔 고인이 되신 시어른들을 욕되게 하는 행위다. 조실부모한 아버님과 입 하나 덜자고 시집 보냈다던 어머니, 좁쌀 두 말로 신접 살림을 시작했다던 분들, 배운 거 없고 가진 거 없는 시부모님의 유일한 꿈은 농사지을 땅을 마련하는 거였다. 시어머님 생전 심사가 곤하면 나에게 푸념처럼 털어 놓으신 삶의 넋두리는 생을 마감할 때까지 이어졌다.

나물도 뜯어다 팔고, 풋콩도 까다 팔고, 왼갖 돈되는 것을 죄다 내다 팔았지. 아범을 업고 장에 가서 진종일 장사를 할라치면 아범 얼굴을 보는 사람마다 그놈 잘 생겼다고 했었다. 은근히 아들 자랑을 하고 싶으신 어머니, 행여 며느리가 당신 아들 밉상으로 대할까 은근짜 압력을 놓으시던 어머니의 깊은 속내를 이제는 알 것 같다.

꼭 아버님만큼 닮은 아들, 당신이 늘 부족했다고 느끼던 부분들을 고스란히 닮은 아들, 아니 당신이 끔찍하게 싫어하는 부분까지 영락없이 닮은 아들이 못내 염려스러워 며느리를 다독이셨던 어머니다. 나이가 들어 갈수록 어머님의 깊은 정이 토닥토닥 모닥불처럼 타오른다.

아버님은 나무를 해다 팔았고, 그렇게 근근이 모은 돈으로 송아지를 사다 먹이면 어찌 그리 잘 크던지, 황소가 되면 내다 팔고, 그렇게 몇 차례 굴려서 구래자리 논을 장만했다. 또 몇 해 허리띠 졸라매고 모진 고생하면서 한 자리씩 늘려갔다. 그러느라 위로 큰 자식들은 배도 많이 곯았다.

큰어미는 아홉 살부터 집안 살림을 하다시피 하느라 고생을 많이 했지. 그게 미안해서, 큰 자식 눈치 보이고, 미안해서 남편이 그렇게 하고 싶어 하는 걸 공부시킬 엄두를 못 냈다던 어머니, 그냥 똑같이 공평하게 분배하고 키워야 형제간 갈등이 없을 것 같다던 어머니, 참으로 현명했다는 생각이 들기도 한다.

그런 때문인지 8남매 모두가 고만고만하게 살아간다. 누가 더 배우고 덜 배워서 특별하게 잘난 사람이 없으니 형제간에 시기하거나 질투하는 이 하나 없이 살아간다.

나를 맏이로 7남매 친정 형제들, 학벌은 제 각각이다. 초등교육이 전부인 나를 제외하고, 막내 여동생과 아들 삼형제는 대학과 대학원, 막내 남동생은 박사 코스까지 밟았다. 일면 부모의 혜택이 아닌 자기 노력이 큰 비중을 차지했지만, 초등교육이 전부인 나의 학력과 큰 대조를 이룬다. 결혼하기 한 달 전까지 내 월급을 동생들 학비에 조달해도 억울할 것 하나 없었고, 오히려 자랑스러웠다. 집안 형편이 나아지면서, 순서를 가리지 않고 공부를 가르쳐서 동생들이라도 훌륭하게 된다면 그건 가족간에 힘이라고 생각했다.

하지만 각각의 배우자를 만나 각기 다르게 삶을 살아가는 가족 구성원은 형평성이 없어 보였다. 배운 만큼 배우자도 걸맞게 선택했다. 행복은 성적순이 아니라지만, 성적이 매겨진 학벌의 차이로 눈에 보이지 않는 갈등으로 심적 부담이 심했다.

그로 인해 가슴 시린 날들을 살았다. 그 아픔은 남편도 마찬가지, 아니 몇 십 배로 상처가 깊고 깊다. 그 때문인지 늦은 나이에 아내가 공부를 시작한다고 했을 때 남편은 적극 환영했다. 경제적 책임을 져야 하는 가장이라 함께 공부하지 못하지만 자기

몫까지 대신하라고 격려했다. 초등교육 이후 40여 년만에 시작해서 50대 중반을 넘어서 대학을 졸업할 수 있으니 실로 꿈만 같다. 자식을 통해 느끼는 대리만족, 그 이상의 대리만족을 느끼는 남편을 볼 때마다 어떻게 하든 결승지점까지 달려야 한다는 다짐을 새롭게 했다.

졸업식에 참석한 시댁 형제들 8남매 모두가 자신의 일처럼 고마워하고 기뻐했다.

"제수씨는 우리 가문의 영광입니다. 우리 형제들의 한을 풀어주셨습니다."

큰아주버님께서 친히 전화를 주셨다. 가슴이 녹아 내리는 것 같았다. 시댁 형제들 역시 공부하지 못했던 한, 할 수 없었던 지난 세월의 아픔을 간직하고 있었다. 그런 까닭에 제수요, 형수요, 올케의 늦깎이 학생 신분을 격려하고 십여 년의 긴 세월 동안 후원을 아끼지 않았다. 더없이 고마운 일이다.

비록 알맹이는 남루하나 값진 눈물의 학사모를 남편을 비롯하여 시댁 형제들에게 바친다. 아울러 이 학사모를 '장한 내 딸 정말 미안하다'며 두 손 꼭 잡고 눈물을 흘리던 친정어머니에게 바친다.

딸의 부재

딸 없는 우리 부부에게 손녀는 참으로 귀한 보배다. 내가 첫 아이를 임신했을 때 남편은 한사코 딸을 원했다. 첫아이로 딸을 낳으면 자기가 기꺼이 불임수술을 하겠다고 단호하게 선언한 남편이었다. 남편은 자식에게 노후를 맡길 생각이 전혀 없다는 말을 입에 올렸다.

그렇듯 입에 발린 소리, 입찬 소리를 하는 까닭은 남편 자신이 부모님께 자식 노릇을 못했다는 간접 고백이기도 했다. 자식을 키우는 재미는 아들보다 딸이 낫다는 주장이다.

첫아이를 임신했을 때, 남편은 자기 마음대로 딸을 낳기라도 할 것처럼 저녁마다 여자애 이름을 지었다. 이렇게도 불러보고 저렇게도 불러보며, 지어놓은 이름이 아마 스물은 더 되지 싶었다. 거기에는 내가 지은 이름도 더러 있긴 했다.

그렇게 딸 노래를 부르던 남편의 소원을 삼신할미는 무슨 심사로 모른 체 하였다. 딸을 간절히 원했는데, 둘째 아이를 아들을 점지해 주신 것을 지금도 유감으로 생각한다.

불과 삼십여 년이 지났을 뿐인데, 딸, 여자의 세력이 실로 막강한 세상으로 변했다. 그토록 딸을 원하고 노래하던 남편이 오늘을 미리 예견했던 걸까? 못내 존경스럽고, 또한 염치가 없다. 요즘 나는 남편의 소원을 저버린 삼신할미를, 아니 그 시절 정부시책을 원망하기에 급급하다.

예전에는 감히 생각지도 못했던 죄명을 뒤집어쓰고 억울하게 산다. 아들만 둔 부모는 '목메달'이라는 웃지 못할 이야기가 공공연하다. 딸 없는 사람들은 소름이 오싹 끼치는 일이 아닐 수 없다. 잘못 내린 판단의 죄값치고는 고약하다.

삼십여 년 전이다. 나는 남편과 상의도 하지 않고 정부시책에 그만 얼떨결에 동의해버리고 말았다. 그 시절 가족계획 구호는 '아들 딸 구별 말고 둘만 낳아 잘 기르자'였다. 이같은 시책은 삼십 년 앞을 못 내다 본 실패한 정책이었다.

그 시절, 아이들 셋을 거느리고 거리에 나서면 야만인 보듯 힐금거리며 지나갔다. 세 명의 아이들이 딸, 딸, 아들이면 그깟 눈총쯤 아랑곳하지 않아도 상관없다. 그러나 딸 셋을 거느리고 다니는 엄마를 보면, 몹시 안됐다는 듯 한심스러운 눈으로 바라보기 일쑤였다.

가난한 노동자의 아내가 된 나는 당시 달동네에 살았다. 보건소 직원들은 하루도 빼먹지 않고 달동네를 찾아와 스피커 볼륨을 한껏 높이고 다녔다.

'가지 많은 나무에 바람 잘 날 없다. 아들 딸 구별 말고 둘만 낳아 잘 기르자.'

가지 많은 나무에 바람 잘 날 없다는 말에 유난히 콕콕 쐐기를 박고 다녔다. 그렇지 않아도 가난한 집 7남매 맏이로 태어나서 포기하고 양보했던 부분들을 억울해 하던 나였다. 남편에게 온다 간다 소리도 없이 젖먹이 둘째 아이만 둘러 업고 확성기 소리 나는 쪽으로 갔다. 보건소 직원은 무조건 나를 차에 태웠다. 오직 가지 많은 나무에 바람 잘 날 없다는 주문을 외워대며 나를 채근했다.

남편과 상의할 시간은 물론 연락을 취할 틈도 주지 않았다. 아들이 둘이나 되는데 자식을 더 낳을 필요가 어디 있느냐며 막무가내로 내 마음을 고무시켰다. 마치 아들이 내 노년을 책임져 줄 거라는 듯이, 아들이 둘이나 되는데 생각할 게 뭐 있느냐며 영구불임시술 지정병원으로 재빠르게 내달렸다. 병원 안은 사방에서 차출당해온 젊은 여자들로 만원이었다.

맘 먹고 제 발로 찾아온 사람은 하나도 없어 보였다. 대부분 달동네 가난한 젊은 엄마들로 보였다. 하나같이 잔뜩 겁먹은 얼굴들이다. 모두 '가지 많은 나무에 바람 잘 날 없다'는 주술에 걸려온 사람들로 보였다. 복강경 수술을 하면 더 이상 아이를 낳을 수 없다는 사실조차 모르고 온 이도 있었다. 그런 사실을 알고 집에 가겠다는 사람도 끝내 설득하여 기어이 영구불임수술을 받게 만들었으니 안하무인이 따로 없다.

한 달 남짓한 둘째 아이를 업고 간 나는 28살의 생생하고 완벽한 여자였다. 지금 생각하면 소름이 끼치도록 아찔하다. 드디어 내 차례가 되었다. 더럭 겁이 났다. 남편과 상의도 하지 않고 왔다며 집에 가서 상의하고 다시 온다고 울먹거리다시피 사정해도 소용이 없었다. 이미 시술자 명단에 내 이름이 들어갔다며 절대로 안된다는 것이다.

시술할 동안 젖먹이 간난아이는 어떻게 하느냐고 걱정을 해도 먹혀들지 않았다. 시술할 동안 보건소 직원들이 아이를 돌봐주겠다며 막무가내로 수술실 안으로 나를 밀어 넣었다. 귀신에 홀린 것만 같았다. 졸지에 아이를 더 이상 낳을 수 없는 석녀가 되었다. 아랫도리에 힘이 쏘옥 빠져나갔다. 귀중한 보물을 잃어버린 듯 허망하고 허전했다. 더 이상 쓸모없는 여자가 된 것 같아 눈물이 확 쏟아졌다.

요즘 세상 같으면 천부당만부당한 이야기다. 개인의 신체 일부를, 그것도 여자의 전부를 정부가 마음대로 농락한 거나 진배가 없다. 결혼한 여자가 유일하게 큰소리 칠 수 있는 자존심이 소멸되었다. 생산기능을 단번에 요절내버린 셈이다. 지금이라면 정부시책을 심히 규탄할 일이다. 나는 딸을 낳아볼 기회조차 정부시책으로부터 무지막지하게 박탈당했다. 억울하기 짝이 없는 노릇이다.

부잣집 업 나가듯 슬그머니 아침 나절에 젖먹이를 업은 채 나간 아내가 저녁이 되어 후줄근한 모습으로 들어오자 남편은 다짜고짜 성질을 내며 달려들었다. 말도 없이 하루 종일 어딜 싸돌아 다니다가 왔느냐고 닦달을 했다. 사실대로 말했다. 이만저만 해서 다녀왔다고 말했다. 남편은 여자가 간이 부었다느니, 겁도 없다느니, 거짓말이니 하며 종주먹을 들이대고 꼬치꼬치 캐물었다. 배꼽에 붙인 반창고를 보여주었다. 아내 말이 사실임을 알자 남편도 허망해 하는 눈빛이 역력했다. 아내는 더 이상 아이를 낳을 수 없는 여자다. 딸을 낳을 수 없는 사실이 확인됐는 데도 미련을 버리지 못하는 눈빛이었다.

괜한 짓을 하고 왔나 때늦은 후회를 했다. 그렇게 마음이 불편한 나에게 남편은 심심하면 속을 훌렁 뒤집어 놓았다. 재미삼아 던지는 말인지, 딸에 대한 미련이 남아서인지 몰라도 걸핏하면 딸도 못 낳은 바보, 심지어는 병신이라는 말도 서슴지 않았다.

더 나아가서는 딸을 밖에서라도 낳아야 한다느니, 이미 낳았다느니, 호적에 올려서 학교를 보내야 한다느니, 걸핏하면 자존심을 건드렸다. 농담을 진담처럼, 진담을 농담처럼 쉽게 하는 바람에 싸움을 대판으로 한 적이 서너 차례나 되었다.

남들에게는 또 어떤가? 욕심이 땅 두더지 같다느니, 남의 딸을 데려 올 줄만 알았지 나눌 줄도 모르는 욕심쟁이라느니, 조롱을 수시로 받았다. 듣기 좋은 노래도 한 두 번이다. 안에서 밖에서 빈번이 골려 먹는 야유에 심기가 불편할 적이 수도 없이 많았다. 그럴 때마다 기세등등한 척, 아들을 못 낳아서 첩꼴을 볼지

언정 딸을 못 낳아서 첩꼴을 본 것은 듣지도 보지도 못했다며 아귀처럼 들이대곤 했다.

그러나 그렇게 치사한 약오름은 약과였다. 작은 아이가 자주 아팠다. 초등학교 입학하기 전까지 노심초사 벌벌 떨었다. 사람마다 저 먹을 거 타고 나는데 젊으나 젊은 것이 겁도 없이 삼신할미 길을 막아버려서 삼신할미가 노한 것이란다. 아이가 아플 때마다 시어른들은 노골적으로 나를 꾸짖었다. 둘째아이가 사경을 헤매고 아플 적에는 정말 내가 벌을 받는 게 아닐까 하는 생각도 들었다.

아무튼 그런 순탄치 못한 맘으로 살았다. 그랬는데 지금 와서 내 꼴이 뭔가? 그토록 간절하게 딸을 원했던 남편에게 정말로 면목이 없다. 백수 아들은 내 아들이요, 잘나가는 아들은 장모의 아들이요, 튼튼한 아들은 국가의 아들이란다. 내 아들은 며느리의 남편일 뿐, 가까이 하기에는 너무 먼 당신이며 짝사랑이란다. 청천하늘에 날벼락 떨어지는 소리다.

아들만 둔 부모는 '목메달이'라며 목을 조여 온다. 평균수명이 턱없이 길어졌다. 하여 나는 혹시나 하는 마음에서 손녀딸에게 온갖 정성을 다한다. 혹시 손녀사위 덕을 볼지도 모른다는 엉뚱한 기대를 해 본다. 행여 내 속셈을 들킬까 은근히 겁도 난다. 딸 없는 황혼이 이처럼 삭막할 줄 어찌 짐작이나 했을까? 애초부터 없는 딸의 부재를 구구절절 느낀다.

소중한 재산

거슬러 온 세월이 적잖이 쌓여졌다. 급변하는 세상에 변하지 않으면 소외되는 것들이 지천으로 많다. 격언이나 속담도 시대에 맞게 변형되어 난장판을 친다. '젊어서 고생은 돈 주고 사서 한다' 는 속담이 왜곡되어 '젊어서 고생은 늙어서 골병 든다' 라고 진화한다. 대부분이 끄덕끄덕 공감하는 것을 보며 내 젊은 날을 반추해 본다.

나는 화려한 빛깔을 뽐내며 자랑하는 인위적으로 키운 어떤 꽃보다 생명력이 강한 야생화를 더 좋아한다. 좁쌀만한 꽃잎이 수줍게 벌어지는 하얀 냉이꽃에 어쩐지 더 정감이 간다. 들과 산에서 뛰놀던 어린 시절이 아스라이 남아 있었기에 자연을 사랑하는 마음이 쉬이 변하지 않나 보다. 때맞춰 피고 지는 들꽃을 보노라면 뒤엉킨 마음도 쉽게 가닥을 찾는다.

경제가 곤두박질이라 모두가 힘들고 어렵다고, 예서 제서 아우성이다. 나 또한 캄캄한 그믐밤을 혼자서 걷는 듯 눈덮인 산

골짜기에 먹이를 찾아 헤매는 작은 산토끼처럼 가랑잎이 떨어지는 소리에도 곧잘 놀란다. 턱없이 길어진 평균수명이 그리 달갑지 않다는 푸념들이 매우 가까이서 들린다.

처녀 시절 친구가 '복숭아'라고 수없이 낙서하는 모습이 신기했다. 친구에게 혹시 복숭아에 대해 좋은 추억이라도 있는지 싶어서 물었다. 왜 낙서장에 복숭아만 쓰느냐고? 궁금증을 잔뜩 유발하고 질문한 내가 무색하게 친구의 엉뚱하기 짝이 없는 대답이라니……

'복숭아'라고 써 놓고 보면 글씨가 너무 예쁘다는 것이다. 어른들 자주 하시던 말씀이 생각난다. 큰애기적 그맘 때는 염소똥 구르는 것만 봐도, 돌덩이가 굴러가는 것만 보아도 웃음이 나온다고 했다. 가랑잎 떨어지는 소리에도 눈물이 흐른다던 감성이 철철 넘치는 시절이라지만, 내 낙서와는 격이 달라도 너무나 달랐다.

여백 틈새마다 '희망, 삶'이란 글자가 빼곡했던 내 낙서와 판이하게 달랐다. 환경의 지배를 받는 내 삶의 테두리에 쓰디쓴 웃음을 지었던 흐린 날들이 많았다. 안개 속을 걸었던 지난날들이 요즘 들어서 보석처럼 빛난다. 원초적인 본능을 해결할 수 없었던 보릿고개의 알싸한 추억조차 내겐 더없이 소중한 재산이다. 모두가 힘들다는 오늘날 내가 즐겁게 살아가는 힘의 원천이 되기 때문이다.

뱁새가 황새를 따라가려면 가랑이가 찢어진다는 속담에 진저리가 쳐졌고 신물이 났었다. 위를 보고 살아야 자기발전이 있는 거라고 종종걸음을 바쁘게 걸었었다. 늘 바쁘게 걷느라 넘어진 흔적들이 추억의 갈피 속에 고스란히 남아 있다. 요즘 들어 알싸했던 그 흔적을 기쁨으로 찾아 올린다.

환경미화원 아저씨들이 귀찮도록, 쏟아지는 낙엽들이 거리마다 수북하다. 임자 없어 보이는 가랑잎을 전부 다 내 것이라고 마음 먹으면 부자라도 된 듯 푸근하다. 나뭇잎 타는 냄새가 구수하게 날 것도 같아 코를 벌름거린다. 아궁이가 미어져라 그러넣으면 벌건 불꽃이 구들장을 뜨겁게 달굴 걸 생각하니 마음까지 따뜻해진다.

이 역시 춥고 배고팠던 유년을 유추하며 느끼는 작은 행복이다. 젊어서 고생은 사서도 한다는 속담과 맞물려 숨겨진 고생들이 그득한 나는 요즘같은 불경기에 더할 나위 없는 보물이요 귀중한 재산이다.

칡뿌리를 캐려고 산등성이 곳곳을 샅샅이 뒤져가며 파헤치던 눈물겨운 기억조차 찬란할 지경이다.

칡넝쿨은 냇가에도 둔덕에도 밭둑에도 논둑에도, 하다못해 고속도로변 길섶에도 지천이다. 얼마나 풍요롭고 넉넉한 광경이냐? 저들끼리 뒤엉켜서 피어 있는 진한 보랏빛 칡꽃이 내 영혼마저 살찌운다. 코끝을 자극하는 진한 칡꽃 향기가 좋다. 그 어떤 값비싼 향수에 비길까? 향수는 분명코 아리따운 아가씨, 중년의 멋진 신사숙녀들의 품위 유지를 위한 품목일 게다. 해묵은 칡넝쿨에서나 피는 취꽃 향기 또한 나만이 느낄 수 있는 넉넉한 자산이니 또 감사할 일이다.

나는 요즘 들어 옛것에 대한 향수에 젖다 보면 수시로 부자가 된다. 자연 속에 나를 가두고 사노라면 더없이 행복해 진다. 주변의 누군가 더러는 지지리 궁상으로 나를 몰아 부친다.

의·식·주를 어떤 방법으로, 어떻게 호사스러운 방법으로 해결하느냐에 따라 행복순위가 달라진다고 우기면서 순위를 매기고, 물질의 풍요로움으로 삶의 가치를 논하는 이들의 열띤 공방에도 기죽지 않으니 나는 부자다.

지구상에 하늘을 가리는 잠자리에서 잠을 자는 사람의 숫자가 인류의 30%도 안된다는 보고서를 본적이 있다. 빈곤했다고, 허기진 삶이었다고 억울하기조차 했던 날들에게 비로소 사과를 하며 넉넉한 웃음을 짓는다.

아울러 비슷한 삶의 내력을 가진 남편이 곁에 있으니 더없이 고맙고 감사할 일이다. 남편과 나는 격려같지 않은 격려로 곧잘 하나가 된다. 아무리 세상이 어렵다 해도 이까짓 어려움은 하나도 무섭지 않아. 일상적인 언어로 얼굴을 맞대고 하나가 되는 우리 부부는 진정 부자다.

아, 우리 어려서 말이지, 옛날에 우리들 자랄 때 말이지라고 누가 먼저랄 것도 없이 끄집어내는 창고가 같은 곳에 있다. 우리 부부 노년의 걱정이 반으로 줄었다.

할머니 살 빼면 싫어

나는 요즘 손녀에게 협박 아닌 협박을 하며 치사하게 군다.

"너 말 안 들으면 할머니 살 뺀다."

손녀는 으름장을 놓는 할미에게 살을 빼지 말라며 애원을 하다시피 한다. 얼마 전까지만 해도 할미에게 살을 빼라는 주문을 입에 달고 살던 손녀였다. 넉넉한 내 뱃살을 보며 돼지 할머니라고 놀려댔다. 날씬하게 살을 빼서 예쁘고 멋진 옷을 입고 다니라는 둥, 운동을 하라는 둥 온갖 잔소리를 다했다. 그랬던 손녀였는데, 다이어트를 종용하던 모습은 오간데 없다. 내가 언제 그랬느냐는 식이다.

직장을 다니느라 바쁜 엄마는 주말에나 만날 수 있다. 주중에는 나하고 지낸다. 손녀는 제 어미가 유선이 발달되지 못했는지 모유가 턱없이 모자랐다. 착유기로 며칠 동안 짜 모아서 냉장 보관한 초유 너 댓 병을 먹은 것이 전부다. 우유를 먹고 자란 아이들은 가슴을 만지지도 더듬지도 않는다는데, 손녀는 예외다. 틈만 나면 할미 젖가슴을 만지고 노는 것도 모자라 입에다 물고 오물거린다. 찌찌 없는 할머니는 할머니도 아니란다.

하도 귀찮게 굴어서 엄마 찌찌나 만지라고 손을 뿌리쳐도 헤헤거리고 달려드는 손녀를 다시 끌어안으면 근원을 알 수 없는 사랑이 퐁퐁 솟아오른다. 이러는 내 모습을 나 자신도 이해할 수가 없다. 곁에서 지켜보던 작은아들이 엄마의 모습이 예전같지 않았던지 서운했던 제 마음을 슬쩍 비친다.

"할머니가 얼마나 무서운 엄마였는데, 너는 복받은 줄 알아."

조카에게 그 의미를 이해하라고 던지는 말이 진정 아니라는 것을 나는 담박에 눈치챘다. 나는 두 형제를 연년생이나 다름없게 낳아 키웠다. 돌달에 아우를 본 큰아이는 모유를 일찍 끊었다. 둘째도 제 형처럼 돌 전에 모유를 끊겠다며 친정어머니에게 아이를 맡겼었다. 그러나 3일도 안되어 몹시 앓는 바람에 다시 모유를 먹였다. 끙끙 앓으며 사경을 헤매던 아이에게 엄마 젖만한 약은 없었다. 안쓰러워 다시 젖꼭지를 물린 게 화근이 되어 세 살까지 모유를 먹였다.

그래서인지 큰아이와 다르게 작은아이는 엄마 젖가슴에 심한 애착을 보였다. 나는 모유를 끊고 나면 아이들에게 곁을 주지 않는 매몰찬 엄마였다. 어느 날인가 윗옷을 갈아입는데, 작은아이가 젖가슴을 만지러 살금살금 접근해 왔다. 뿌리치는 손길이 엇나가서 작은아이의 뺨을 후려치는 형상이 되었다. 정말 고백하건대 일부러 그런 것은 절대 아니었다. 아이는 무참하고 억울했었나 보다. 엄마가 그렇게 야박하게 굴지 몰랐다는 표정이 역력했었다. 뒤돌려 다가가서 작은아이를 꼭 안아주고 미안하다고 사과했어야 열 번 백 번 옳았다.

손녀를 키우는 지금처럼 순화된 마음이었으면 충분히 그러고도 남았을 것이다. 왜 그때는 그렇게 매몰차게 굴었는지 모르겠다. 지금도 그 생각이 미치면 작은아이는 물론 큰아이에게 말할 수 없이 미안하다. 일찍 아우를 본 것이 큰아이 탓인양 아이들을 돌보는 생활 자체를 힘들어 하고 귀찮아 하기까지 했다.

게다가 작은아이는 8개월만에 조산을 했다. 제 의지와 상관없이 큰아이는 두 달이나 빠르게 형이 되었다. 조산한 둘째아이가 건강하지 못했다. 동생에게 온통 신경을 쓰는 엄마에게 큰아이는 정말 큰아이가 되어 저 혼자 놀아야 되는 형이어야만 했다. 이십개월짜리 큰아이에게 말끝마다 "너는 형이잖아!"라는 소리를 입에 달고 살았다. 정말로 지혜롭지 못한 엄마였다. 큰아이에게는 더할 수 없이 부족한 엄마였다.

곁에서 지켜보는 친정어머니마저 일찍 터를 팔아서 어미가 고생을 한다며 나를 안쓰러워 했다. 엄마인 나조차 더러 맞장구를 치며, 마치 큰아이가 동생을 데리고 나온 것인양 큰아이에게 덤터기를 씌운 생각을 하면 지금도 미안하기 짝이 없다.

그토록 미안했던 마음을 아직도 사과하지 못했다. 손녀에게 지극정성을 다하는 지금의 내 행위가, 내 마음이 어쩌면 큰아이에게 속죄하고픈 나를 위한 모순의 행태일지 모른다. 큰아이에게 못다 베푼 사랑을 몇 갑절로 갚아주고 싶다.

결코 손녀를 위한 사랑이 아니란 생각이 든다. 큰아들 내외의 힘을 덜어주고자 하는 것도 아닐 게다. 오직 미안했던 내 마음의 짐을 덜어내느라 새털처럼 가벼운 사랑을 전하는 것이 아닐까 싶다. 내 잘못을 속죄하는 수단으로 손녀를 키운다고 생각하면 또 얼마나 이기적인지 부끄럽다. 그러나 사랑이라는 예쁜 포장지를 벗겨 낼 마음은 추호도 없다.

이처럼 복잡다단한 할미의 사랑을 맛나게 먹고 손녀가 밝게 자라주니 더없이 고맙다. 그래서일까, 할미에게 그냥 매달려 있는 찌찌, 쭈글쭈글해진 볼품없는 찌찌를 한껏 손녀에게 인심을 쓴다. 손녀가 만지고 싶어할 때마다 윗옷을 제치고 가슴을 확 열어준다. 축 처진 가슴을 부끄럼없이 내어준다.

이런 내 모습을 보며 돌아가신 시어머님을 생각하면 죄스러운 마음이 그지없다. 새댁 시절, 맏동서의 다섯 살짜리 조카딸, 시어머님은 당신의 첫 손녀딸에게 지금의 나처럼 가슴을 온통 내맡겼다. 그 모습이 불결해 보이기까지 했다. 뜨거운 여름날 땀에 젖은 적삼을 훌떡 걷어 올리고 축 늘어진 젖가슴을 아무 생각 없이 꺼내 보였다. 손녀딸이 떡 주무르는 듯 마냥 갖고 놀게 내버려 두는 모습이 천박하게 보였다. 여자가 나이 들면 저토록 염치없게 굴어도 용서가 되는지 이해하기 어려웠다. 볼쌍사나운 그 무슨 해괴한 행위인지 못마땅하여 얼굴을 돌린 적도 여러 번 있었다.

그때 시어머님의 마음이 지금 내 마음과 같았음을 이제야 생각한다. 아니, 지금의 나보다 몇 배 더 애절했을 지도 모른다. 조카딸은 8개월만에 조산한 아이였다. 어머니의 아린 마음이 싸하게 전해지면 나는 차라리 두 눈을 감는다. 두 아이를 키우면서도 변변한 사랑을 주지 못한 회한이 새까맣게 밀려온다. 자식 둘을 키우는 나보다 네 배나 많은 여덟 남매를 거두신 시어머님 속내를 생각하면 가슴이 뜨거워지고 눈앞이 까맣게 흐려진다.

이런 할미 속을 알지 못하는 손녀가 귓속말로 속삭인다.

"할머니, 엄마랑 자면서 엄마 찌찌 몰래 만져 봤는데, 엄마는 찌찌가 하나도 없어."

날씬한 몸매, 옷맵시가 곱디고운 제 어미에게 할머니처럼 큰 찌찌가 있을 턱이 없다. 이때다 싶었다. 틈만 나면 밥을 적게 먹어라, 운동을 해라, 다이어트 주문을 외워대며, 할미의 밥숟가락조차 점검하는 눈빛이 부담스러웠는데, 이참에 다이어트에서 자유로워지리라 마음먹었다.

"할머니도 엄마처럼 날씬하게 살 빼면 할머니 찌찌 한 개도 안 남고 없어지는데……."

"정말이야? 살 빼면 할머니 찌찌 없어져? 그럼 할머니 살 빼지 마. 찌찌없는 할머니는 싫어."

"할머니한테 살 빼라고 했잖아? 뚱뚱한 할머니는 싫다고 했잖아?"

“뚱뚱해도 괜찮아. 할머니 찌찌 없으면 할머니도 아니야.”

세상이 온통 다이어트 바람이다. 그 영향인지 철없는 어린 손녀딸 입에서도 서슴지 않고 살 빼라는 주문이 쇄도했었다. 무리한 다이어트로 잃는 것이 많음을 젊은이들도 깨달았으면 싶다. 심한 다이어트로 젊은 여자들의 조기 폐경이 늘어나고, 나이보다 훨씬 빠르게 골다공증이 유발된다는 보고가 심심찮다. 그럼에도 불구하고 사회 곳곳에서 다이어트 바람이 쇄도하는 이유가 도대체 무엇인지 모르겠다.

건강을 위한 다이어트는 절대 권장하지만, 손자 손녀에게 할머니의 넉넉한 가슴을 내어주는 정서는 유지되어야 한다고 엉뚱한 변명을 늘어놓는다. 실상은 왼쪽 무릎이 시원찮아 다이어트가 시급한 데도 궤변을 늘어놓고 있다. 할머니의 찌찌를 보존해야 할 충분한 이유가 있으니 다이어트로부터 일단은 자유롭다.

 한 평범한 주부의 평범한 이야기

사랑하면 그뿐이다

한 달에 두 번, 둘째 넷째 토요일은 놀토다. 그래서 손녀는 학교를 가지 않는다. 지난 일주일 내내 열이 오르락내리락하며 끙끙 앓다가 이제 이틀째 생기가 났다. 여자아이가 극성스럽다며 얌전해야 한다고 평소에는 주의를 주기도 했다. 며칠째 맥이 없던 아이가 생기가 나서 팔랑거린다. 까불어도 좋다. 얌전하지 않아도 좋다. 마냥 여유를 부려도 좋을 성 싶다.

"오늘 학원 안 가니까 혼자 집으로 올 수 있지? 할머니가 학교 공부 끝날 때 마중가지 않아도 되겠어?"

일부러 얄궂은 흥정을 해 본다. 할머니가 와야 한단다. 월요일부터 금요일까지 학교수업이 끝나면 학원 차가 와서 데려가고, 학원에서 학습을 마치고 오후 7시까지 있다가 할아버지가 학원에 가서 데려왔다. 토요일만이라도 할머니가 마중 오기를 바라는 손녀의 애틋한 마음을 이미 읽은 터다.

마중을 가겠다고 약속했다. 기분이 좋아져 활짝 웃는다. 엄마가 내일 일요일은 자연농원으로 놀러 가자고 약속했다며 이래저래 기분이 좋아 보였다.

유치원을 다닐 때는 주말이면 데려와서 할머니랑 지냈었다. 초등학교에 입학한 후 상황이 크게 바뀌었다. 할미 앞에서 학교를 다니고, 토요일은 오전 근무를 하는 제 어미가 퇴근을 하면서 데리러 온다.

학급에 기증할 책 두 권 이상을 가져오라고 알림장에 적어왔다. 위인전집에서 두 권을 빼주었다. 쉬는 시간에 읽겠다며 『열두 살에 부자가 된 키라』, 『사막에서 살아남기』 두 권을 더 가방에 챙겨 넣는다. 가방이 무겁다. 집에서 읽었으니 가져 가지 말래도 안된단다.

재미있는지 키들키들 웃어가며 읽는 모습을 보고 무슨 내용이냐고 묻기도 했다. 『사막에서 살아남기』 내용으로 퀴즈를 내듯 할미를 시험하기도 했다. 읽은 책 제목을 알림장에 적어오라고 적혀 있다. 손녀는 선생님이 집에서 읽은 책을 확인한다고 생각하는 모양이다.

알림장을 선생님이 확인한 후 〈참 잘 했어요〉란 글씨가 찍힌 꽃 모양 스티커를 준다. 일번부터 백번까지 표기한 물고기 그림이다. 상단에 착한 어린이가 표기된 8절지 도화지다. 백번까지 붙여서 가져 가면 시상을 한다고 했다.

1학년 때부터 '착한 어린이'라 칭찬하면서 독서하는 습관을 기르려는 학교 방침이다. 학부모 총회 때 교장 선생님의 독서

하는 어린이, 수학 잘하는 어린이로 학습시키는 것을 우선시한다는 말씀이 생각났다.

수학 단원 익히기를 실시하여 교내 수학경시대회와 독서왕을 뽑아 시상을 한다며, 집에서 책 읽는 훈련과 수학문제 풀기를 연습시켜 달라는 담임 선생님의 부탁 말씀을 새겨 들었으면서도 아이의 생각과 일치하지 않는다.

책가방이 무겁다. 가방을 들어다 주고 싶은 마음이 수시로 요동친다. 사랑이다. 아니다. 툭하면 두 마음이 다툼질이다. 그럴 때마다 손녀를 어떻게 돌보는 것이 진정한 사랑인지 묻곤 한다. 모든 걸 혼자서 잘 할 수 있도록 더디더라도 기다리며 지켜보아야 한다는 이론과 맞닥뜨리면 내 행동을 절제한다. 하지만 그 때뿐, 노는 할미 손이 있는데 어리게만 보이는 손녀가 무거운 책가방을 메고 학교에 가는 모습이 힘들어 보이면 여지없이 책가방을 들고 따라 나선다.

할미가 자라던 시절은 빠르면 손녀 나이에 서툰대로 밥을 짓고 물을 긷기도 하며 집안일을 도왔다. 도왔다기보다 노동을 착취당했다는 표현이 더 적절하다. 그래도 삼시 끼니가 넉넉지 않던 옛날을 되새긴다. 물색없는, 사랑도 맥없는 공치사도 하지 않으리라 다짐한다.

결혼 직후 앞집 할머니의 충고를 두고두고 내 삶의 좌표로 삼는다.

"자네, 시어머니한테 효성스럽게 잘 해드려, 고생 많이 하신

분이야."

입만 열면 구구한 사연으로 나를 교육시키려 든다. 물론 남편을 낳아 주신 시어머니께 효도하는 것은 당연한 일이다. 하지만 자꾸 반복하는 옆집 할머니 충고는 올곧던 내 생각마저 엇나가게 했다.

시어머니가 고생하신 것은 나와 전혀 무관한 시절이다. 나를 위해 애쓰고 고생한 게 아니라 당신 자손을 위해 고생하신 거라는 생각이 지배적이었다. 그런데도 불구하고 지나친 보상심리를 내게 들이미는 앞집 할머니와 마주하는 게 적잖이 부담스러웠다. 그때 나의 다짐은 놀부심보였다.

흥부네가 굶주리고 고생하는 것은 자기 팔자가 사나운 거다. 사람마다 자기에게 주어진 삶을 사는 거다. 누구를 위한 절대적인 희생이 요구되는 삶은 없다. 부모가 자식을 위해 하는 희생도, 아내가 남편에게 종속되어 사는 거 같은 결혼생활도 결국은 자신을 위해서 살아가는 것이다. 나는 앞으로 누구를 위한 희생이었다고, 그래서 힘든 삶이었다는 공치사는 죽어도 하지 않겠다.

내가 너를 어떻게 키웠는데…… 사람들이 사용하는 공치사다. 이 말처럼 치사한 말은 없다고 생각한다. 부모를 선택해서 태어나는 자식은 없다. 그러므로 부모는 자식을 낳은 이상 당연히 열과 성을 다하여 키울 의무가 있는 거라고 생각했다.

그런데 자식을 키울 적에 애쓴 공을 들이밀며 공치사를 들이대면 도대체 자식은 어쩌라는 건가? 굳이 서로 불편하게 공치사를 하지 않아도 부모자식간 도리는 알아서 해야 할 몫이다.

부모가, 그리고 옆에서 지켜보는 어른들이 시시때때로 강요할 문제는 아니라고 생각했다. 아울러 자식이 부모 마음에 차지 않는다 하여 '너 나중에 더도 말고 너같은 자식 낳아서 꼭 네가 한 만큼 당하면 부모를 이해할 거다'라는 독선은 절대로 하지 않겠다는 다짐을 수없이 해왔다.

이는 자식으로서 정말 듣기 거북한 말이다. 독약보다 쓰고 가시보다 더 따갑고 아린 말이다. 진정 자식을 사랑하는 부모라면 자식이 엇나갔대서, 그래서 가슴 쓰렸던 아픔이 있다손 치더라도 자식에게 해야 할 말은 진정 아니다.

그 아픔을 자식이 고스란히 물려받는다면 무에 그리 시원할 일이라고 망발을 하느냐 말이다. 부모로서 자식에게 할 말은 진정 아니라도 도리질친다. 내가 사는 날까지 내가 할 수 있는 만큼 사랑한다면 그건 부모인 나 자신을 위한 더없이 행복한 행위다. 누구를 위한 희생이었다고 공치사할 마음을 자랄 새 없이 숨아내야 한다.

손녀와 학교로 향하는 짧은 시간에 개똥철학을 교과서인양 펼쳐 든다. 손녀의 손을 힘주어 꼭 잡았다. 너를 죽도록 사랑하면 그뿐이다.

똑똑한 왼손잡이

토요일 오전 근무를 마친 며느리와 만나기로 약속했다. 직장생활 하는 일주일이 힘들 터라 조금이라도 그 피곤함을 덜어주고 싶었다. 알뜰히 보살핀다고 해도 애정결핍이 되지나 않을까 염려되어 주말은 제 어미와 보낸다.

손녀와 함께 버스를 탔다. 버스의자 커버의 광고가 눈에 확 들어온다.

〈악필 교정. 열흘 후면 바로 잡습니다〉

손녀는 글쓰기는 물론 밥 먹는 것도 왼손을 사용한다. 교정을 해보려고 노력했지만 쉽지가 않다. 틈틈이 오른손을 사용하도록 주장해 보지만 손녀의 오른손은 오른손잡이들 왼손 정도의 기능을 능가하지 못한다. 내가 왼손을 오른손처럼 쓸 수 없는 불편함만큼이나 힘들어 했다.

주위에서는 혼내고 때려서라도 오른손을 사용하게 하라고 주장하는 사람도 있다. 그러나 항간의 왼손잡이의 아이큐가 높고 재주가 있다는 말을 위안삼아 그대로 묵인하고 있다. 제 엄마나 아빠도 마찬가지다.

선천적으로 왼쪽이 발달되어 왼손을 자유롭게 쓰는 아이에게 사회생활의 보편성을 고집하여 우격다짐으로 몰아 부치는 것은 무리이다. 오른손잡이에게 왼손을 오른손처럼 사용하라는 억지와 다를 바가 없다.

다만, 사회생활 하는데 지장을 준다는 말이 걸리긴 했다. 학교에서 책상에 앉을 때 어느 자리에 앉았느냐에 따라 짝꿍과 팔이 닿아 상대에게 불편을 준다든지, 같은 식탁에서 식사를 할 때도 마찬가지로 팔이 서로 닿는 불편함이 있을 수 있다.

그런 이유를 설명하며 손녀에게 오른손을 사용해 보라고 수없이 주장해도 소용없기는 마찬가지다. 자리를 바꿔 앉으면 훨씬 더 넓게 사용할 수 있다는 근거를 들이대는 아이가 똑똑해 보여서 오히려 한 시름 놓인다.

일상의 모든 업무를 오른손으로 하길 포기해야 할 판이라 혹시나 해서 손녀에게 물었다.

"설아야, 열흘이면 교정이 가능하대. 악필이 뭐냐면 글씨를 정말 못 쓰는 거야. 혹시 왼손잡이도 오른손잡이로 바뀌질지도 모르잖아?"

"할머니, 이거 돈 버는 수단으로 광고를 낸 거야."

기가 막혔다. 도저히 초등학교 1학년 아이의 말투로 받아들일 수 없을 만큼 충격적으로 들렸다. 돈벌이 수단이라니, 세상이

아무리 돈 돈 한다 해도 천진난만한 손녀의 입에서 나온 말이라
고는 믿기지 않았다. 적잖이 거칠게 들렸다. 태연한 척 물었다.

"설아야, 왜 돈을 번다고 생각했지? 할머니는 그 이유가 정
말 궁금해. 할머니 생각은 글씨 못 쓰는 사람들 글씨 잘 쓰게 도
와주는 학원이라고 생각했는데."

"할머니 미술학원하고 피아노학원에 나도 돈 내고 다니잖
아. 글씨학원 다니는 사람들이 돈을 낼 거잖아? 그러니까 돈을
버는 거지."

"그래, 설아 말도 맞아. 그렇지만 잘 쓰는 방법이 있는 게 아
닐까? 그걸 가르쳐 주려는 거지."

"자기가 노력하면 뭐든지 잘 할 수 있어. 학원 다닌다고 글
씨 잘 쓰는 거 아냐."

"그렇구나. 자기가 노력하면, 뭐든지 잘 하면 일등도 할 수
있겠네?"

"할머니는 일등이 뭐가 중요해. 최선을 다하는 게 중요하
지."

대화의 순서가 크게 바뀌었다. 할머니가 해야 할 말과 손녀
가 해야 할 말이 서로 바뀌었다. 꼭 일등을 하라고 강요할 목적
은 아니었다. 손녀의 말솜씨가 어른을 후릴 정도라서 손녀의 짐
작을 떠보자는 속셈이었다. 그런데 등수가 중요하냐? 최선을 다
하는 것이 중요하다는 어른들이 상투적으로 했던 말을 앵무새처
럼 흉내내고 있다.

　도무지 아이의 생각으로 할 수 있는 말은 진정 아니었다. 제 소견으로 말했다고 쳐도 이건 소름끼칠 정도로 지나친 말이다. 그런 말 어디서 배웠느냐 물었다. 책에서도 읽었고, EBS 교육방송에서도 보았다며 최선을 다하는 것이 중요하다는 말에 제법 힘을 준다.

　최선을 다하는 것이 어떤 것인지, 체험하지 않고 활자와 영상매체를 통한 간접체험을 스스럼없이 가볍게 내뱉는 말이면 어쩌나 싶어 섬뜩했다. 요즘 아이들 똑똑함의 수치를 가늠할 수가 없다.

　나보다 한참 전에 외할머니가 된 손위 시누이가 외손자 자랑을 하느라 입술에 침이 마르는 모습을 보고 웃었던 기억이 난다. 만나는 사람마다 자랑이다. 자식자랑, 아내자랑만 팔불출이 아니다. 손자 손녀 자랑도 팔불출이다. 아무려면 어떤가 상관하지 않는다.

　"우리 손자는 자동차 이름을 외국 차에서 국산 차종까지 모르는 것이 없고, 한글을 다 깨우쳐 동화책을 나보다 더 줄줄 읽으며, 영어도 할 줄 안다고. 세상에 이런 아이는 처음 본다"는 시누이를 이해 못했다. 내심, 요즘 그런 아이들 천지인데 유별나게 저러나 싶어서 웃어 넘겼다.

　그러던 내가 손녀의 똑똑한 언행을 보며 천재가 아닐까, 행복한 고민을 며느리에게 털어 놓은 적이 있다. 며느리가 하는 말은 더 가관이었다.

"저도 우리 설아가 천재인 줄 알았어요. 유치원에 가보고, 친구아이들 만나보고 요즘 아이들 모두 하나같이 똑똑한 걸 알고 실망했어요."

제 자식이 천재인 줄 알았다가 실망했다는 말에 함께 웃었다. 엄마와 아빠를 닮지, 특별한 아이를 기대하는 것은 지나친 욕심이다. 옛말에 개천에서 용 난다고 한다. 하지만 그야말로 옛말에 지나지 않는다. 지금은 박사 집에 박사가 난다고 한다.

부모가 그만큼 뒷받침해 주지 못하면서 미꾸라지가 용 되기를 바란다면 지나친 기대요 욕심이다. 가난이 대물림되는 시대라는 절망스런 이야기가 서민들 가슴을 무겁게 짓누른다.

우리 집도 손녀를 남들처럼 사교육으로 도배할 형편이 못된다. 오로지 왼손잡이가 천재일 수도, 재주꾼일 수도 있다는 가설에 희망을 건다. 똑똑한 왼손잡이를 평범한 오른손잡이로 억지로 바꿔 줄 생각을 접는다.

『그중 편한 신발』을 발간하면서

김 필 영*

사실대로 말하자면 나는 수필가 이수옥을 잘 모른다. 우연한 기회에 인터넷 매체를 통해서 그녀의 글을 읽게 되었고, 그로부터 얼마 후에 한 문학동호인 모임에서 그녀를 직접 만났었다. 50대 후반의 나이에도 불구하고 사람들 앞에서 퍽 수줍어 하는 그녀에게 말을 꺼내기가 뭣하여 전자우편을 보냈다. 지금까지

---

* 파리 국립동방언어문명대학교와 파리제8대학교에서 중국어를 전공한 후, 파리 제7대학교에서 한국학으로 석사. 박사과정을 수료하고, 국립동방어문대학교에서 「정지용의 시적 미학: 동방의 전통성과 서방의 현대성의 시적 조화」로 프랑스에서 최초로 한국학박사를 받았다. 국제비교한국학회(1991, 프랑스)와 중앙아시아한국학회(2000, 카자흐스탄)을 설립하고, 우즈베키스탄 타슈켄트동방학대학교(1993)와 카자흐스탄 카작대학교(1994)에 한국학과를 개설하며 중앙아시아 지역 한국학 발전에 기여했다. 카자흐스탄의 국립카자흐대학교와 국립크즐오르다대학교, 프랑스의 국립동방언어문명대학교에서 한국어문학 교수를 역임하였고, 강남대학교에 카자흐스탄학과(2006)를 개설하여 현재 카자흐스탄학 교수로 재직하고 있다.

쓴 글들을 모아서 보내주면 한 권의 책으로 출판하는데 도움을 주겠다고 제안했다.

그녀의 글과 대화를 통해서, 문학에 대한 그녀의 열정을 확인하면서 무엇인가 도움을 주고 싶었다. 여기서 상세한 내용은 말하지 않겠지만, 오래 전에 수필가 이오덕 선생한테서 들었던 감명깊은 이야기 때문이었다. 송구스러워 하는 마음을 담은 답장과 함께 그녀는 원고를 보내왔고, 나는 지난 몇 주 동안 50여 편의 수필 가운데 45편을 골라 편집하였다.

좋은 뜻으로 하는 이 일을 돕겠다며 이동순 영남대 교수는 바쁜 와중에도 불구하고 기꺼운 마음으로 「'온아우미(溫雅優美)'란 말의 뜻과 그 실감」이란 훌륭한 평을 써 주었다. 김학민 학민사 사장 또한 나의 사정을 십분 이해하여 적지 않은 희생을 감수하며 이 책이 출판될 수 있도록 도움을 주었다. 이 두 친구에게 진심으로 고마운 마음을 전한다

『그중 편한 신발』은 수필가 이수옥 자신이 겪었던 가족사를 바탕으로 소박하게 그려낸 정물화들을 전시한 것이다. 이들 정물화들이 나름대로 시사하는 바가 있겠지만, 앞으로 단순한 가족사에서 벗어나 민족과 세계를 바탕으로 인간문제를 다룬 중후하면서도 화려하게 채색된 이수옥의 추상화들을 담은 수필집을 서점에서 만나게 될 날을 고대하며 발문에 대신한다.

'온아우미(溫雅優美)'란 말의 뜻과 그 실감

- 이수옥의 수필

이 동 순*

1

삶이란 무엇일까? 어떻게 살아가는 것이 과연 제대로 올바르게 살아가는 모습일까?

많은 사람들이 이러한 삶의 화두를 깨치기 위해 골몰해 보지만 결국 습관이라는 제자리 걸음으로 되돌아오고 만다. 그리하여 다시 힘을 집중하고 생각의 화두를 일으켜 세우며 '삶이란 무엇일까' 에 대하여 고뇌하는 시간을 가진다. 문학을 하는 창작

---

* 시인. 문학평론가. 동아일보 신춘문예 시 당선(1973). 동아일보 신춘문예 문학평론 당선(1989). 시집 『개밥풀』, 『물의 노래』, 『미스 사이공』 등 12권 발간. 민족서사시 "홍범도" (전5부작 10권) 완간. 분단 이후 최초로 백석의 시를 정리하여 『백석시전집』을 발간하고 문학사에 복원시켰다. 이후 권환, 조명암, 이찬, 조벽암, 박세영 등의 시전집을 잇달아 발간하였다. 평론집 『잃어버린 문학사의 복원과 현장』 등 각종 저서 45권 발간. 현재 영남대 국문과 교수.

인의 경우에서 삶이란 평범성 속에서의 아름다움, 즉 비범성을 찾아 내것으로 확실히 만들어가는 그러한 과정이 아닐까 한다.

일찍이 춘원 선생이 말하기를, 삶이란 지극히 평범하고, 지극히 상식적인 것이며, 때로는 맹물과도 같은 맛, 늘상 먹으면서도 질리지 않는 밥과도 같은 것이라 설파하였다. 하지만 이러한 평범성의 아름다움이란 곱씹어 생각하면 할수록 신기하고 놀라운 것이어서 금방 성냥불처럼 화끈 달았다가 덧없이 소멸되는 것은 결코 아니다. 그저 진득하게 이어져가는 생명력 그 자체로서 강물처럼 유구한 시간의 역사를 엮어온 것인지도 모른다.

비록 동양의 선지자가 아니라 할지라도 삶의 평범성이 지닌 아름다움과 그 오묘함에 대하여 독특한 별견(別見)을 소스라쳐 피력한 바 있다. 프랑스의 작가 르노와르의 경우가 바로 그러한데, 그에게 있어서 삶이란 참으로 음미할 만한 깊은 맛이 별도로 있음을 우리에게 알려주었다. 그래서 삶이란 마치 칡뿌리처럼 곱씹어 맛을 음미할 때 비로소 그 본질의 향내가 가슴에 전달되어오는 것인지도 모른다.

우리는 학창시절 교과서에서 배웠던 피천득 선생의 은은한 수필론을 기억한다. 그 글에서 피선생은 말하기를, 수필이란 청자(靑瓷)로 빚은 연적(硯滴)이라 했고, 이를 통하여 수필이 지닌 단순성의 미학을 설명하였다. 또한 수필 장르가 청춘의 글이 아니라 중년고개를 넘어선 사람만이 쓸 수 있는 영역임을 말하였고, 인생의 향취와 여운이 멋스럽게 묻어나는 참으로 놀라운 문학의 세계라는 사실을 설파하였다. 이를 일컬어 피선생은 '온아우미(溫雅優美)' 란 한자말 한 마디로 비유하였는데, 이 말의 뜻은 매우 상징적인 것으로 인간의 품성과 정신세계에 대한 축약형 지적이 아닌가 한다.

시인으로 이름을 날렸던 김광섭 선생도 수필에 대한 관심이 남달라서 삶에 대한 달관과 통찰, 그리고 깊은 이해를 가진 사람만이 향기로운 수필을 써낼 수 있다 하였으니, 우리는 문학선배들의 번개 같은, 혹은 섬광 같은 깨달음이라 할 것이다.

2

우리는 오늘 한 수필가의 등장과 더불어 그의 은근하고 멋스러운 창작세계를 지켜보고 있다. 그의 이름은 이수옥(李秀玉)이다.

한반도가 겪어온 온갖 애환서린 세월을 모든 한국인들이 예외없이 겪어왔듯이 그와 그의 가족들도 마찬가지로 겪어왔다. 하지만 그러한 시간의 틈바구니 속에서 수필가 이수옥은 남다른 감각과 통찰력과 지성으로 스스로를 억제하고 조절하며, 삶의 균형을 마치 파도타기하듯 아슬아슬하게 유지해 왔다. 이러한 과정을 우리는 극복의 장관이라 일컫는다.

하지만 이러한 극복은 아무나 쉽게 할 수 있는 것이 아니다.

남다른 끈기와 집념, 진득한 인고(忍苦)의 시간을 버티어 왔기에 그것이 가능했다. 이제 마침내 작가의 머리와 온몸에서 형성되고 발효된 삶의 체험이 머리에서 정돈되고 그의 손끝에서 누에가 내뱉는 실처럼 하염없이 흘러나온다.

이번에 수필가 이수옥이 그 동안 써낸 글을 모아 엮은 작품집 『그중 편한 신발』을 읽어보면 작가가 하나같이 수필의 소재를 생활 주변에서 찾아내고 있다. 진작 돌아가신 부모님, 남편과 자녀, 혹은 손녀딸 등을 비롯한 가족과 친지, 친구 이야기로 가득하다. 그러한 테마들은 이수옥의 수필작품 속에서 제각기 하나씩의 윤기와 사랑으로 낱낱이 반짝인다. 그 작품들은 금방 닦아낸 놋그릇처럼 멋진 광채를 뿜내고 있다.

한 편의 드라마를 무대에 올리기 위해 무수한 소도구가 동원되는 것처럼 이수옥의 글에서도 많은 소도구들이 동원되고 있는데, 그 소도구들이란 다름 아닌 생활현장에 놓여 있는 친숙한 사물들이다. 그것은 때로 밥솥과 식기의 모습으로 등장하기도 하고, 수저와 김치보시기의 형상으로 나타나기도 한다. 때로는 베개와 구두의 형상으로, 또 때로는 세탁기와 병풍의 실루엣으로 나타난다. 때로는 저승의 이미지로, 또 때로는 책가방의 그림자로 떠오르기도 한다. 때로는 손녀딸의 재롱으로 떠오르기도 하고, 또 때로는 예수님의 모습으로 솟아오르기도 한다.

하지만 이수옥의 수필에서 가장 듬직한 면모는 결코 탄식이나 좌절, 패배의식이 나타나지 않는다는 점이다. 사람으로 한 세상을 살아가면서 왜 고통이나 역경인들 마주치지 않았으리. 그러나 이수옥은 그 어떤 난국 속에서도 탄식하거나 지친 표정을 짓지 않는다. 항상 그의 얼굴 표정에 서려있는 온화한 미소, 느긋한 여유는 삶에 임하는 그의 낙천성과 미덕을 말해준다.

이러한 낙천성이야말로 이수옥을 오늘까지 이끌어온 저력과 바탕이 아니고 무엇이리.

작품 속에서도 읽어볼 수 있지만, 이수옥은 만학도로 최근에 대학을 졸업하였다. 나이 지천명(知天命)을 훨씬 넘어서 마침내 대학에서 문예창작을 전공하고 졸업식장에서 학사모를 쓸 때 작가의 심정은 어떠하였을까. 우리는 이것을 그저 단순하게 인간승리란 표피적 단어만으로 모든 것을 설명해낼 수 없다.

세상에는 참으로 아름답고 감격스러운 것이 많고도 많지만 글을 쓰면서 자신의 삶을 정리하고 다독거리며, 글을 통하여 자신의 삶의 방향을 추스르고 가치관을 수립해가는 광경이란 얼마나 숭엄한 것인가. 수필가 이수옥이 자신의 문장을 통하여 지속적으로 나타내 보이고 있는 모습이야말로 엄숙한 아름다움을 느끼게 한다.

요즘은 예전과 달라서 인간의 삶에 작용하는 인터넷의 위력이 대단하다. 그 인터넷은 이따금 인간의 삶을 압도하고, 인간의 삶의 상단부에서 인간을 위압적으로 내려다보는 형국을 나타내기도 한다. 하지만 이수옥은 인터넷의 기능성을 효율적으로 조절하고 활용하면서, 인터넷을 통한 글쓰기에도 능숙한 경과를 나타내 보인다. 인터넷 공모에 직접 응모하고, 입상자로 선발되어 상을 받는 영광을 차지하기도 한다. 뿐만 아니라 아름다운 글쓰기에 깊은 관심을 가진 많은 사람들과 동지적 관계를 형성하는 것도 인터넷을 통해 엮어간다.

그러한 적극적 활동 가운데 하나가 인터넷 카페와의 관련이기도 한데, '생명과 사랑의 시'라는 인터넷 사이버 공간에서 그는 현재 그 카페를 이끌어가는 운영자로 활동중이다. 이수옥은 사이버 공간을 통하여 그가 쓴 자신의 수필 작품을 지속적으로 발표하고 다수의 독자들에게 글 읽는 기쁨을 느끼게 한다. 이러한 활동은 자신의 글쓰기 작업을 대중과 연결시키려는 소통의 일환이다.

3

이수옥의 수필 작품이 지닌 특성을 한 마디로 요약하고 정리해내기란 참으로 어려운 일이다. 그러나 우리는 그의 작품세계가 고난을 헤쳐 온 삶의 역정을 담백한 필치로 담담하게 그려내는 모습을 지켜보면서 이것이야말로 생활에서의 자연스러운 달관과 통찰의 힘에 바탕을 두고 있다는 사실을 확인한다.

일상적 삶의 여러 풍경과 장면들을 자상한 필치로 섬세하고도 정겹게 다루고 있는 그 어떤 부분에서도 무리가 느껴지지 않고 자연스러운 흐름을 유지하고 있는 것이 이수옥 수필만의 미덕이자 특징이다. 결코 우리의 입을 깜짝 놀라게 하는 화려하고 요란한 음식이나 장식된 요리가 아니라, 항시 우리가 먹는 밥과 김치, 된장의 푸근하고도 모성적인 맛을 그의 글에서 듬뿍 느낀다. 이를 일컬어 수필가 피선생은 '온아우미(溫雅優美)'의 세계라 했던 것이 아닐까 한다.

또 다른 말로 표현하자면 겸손과 느림의 미학으로 규정할 수 있다. 어떤 경우에서건 놀라거나 서두르지 않고, 자신의 정직하고도 순수한 진면목을 향기처럼 은은히 풍겨나게 하는 진실함은 그의 작품이 지닌 가장 큰 강점이기도 하다.

그러나 이수옥의 수필을 읽으면서 약간의 허전함이 없는 것도 아니다. 일찍이 나의 문청 시절, 한국의 수필문학을 대표하는 주옥같은 글들을 모은 자료를 통해 읽었던 감동과 감격을 세월이 갈수록 그리워한다. 호암 문일평, 위당 정인보, 수주 변영로, 무애 양주동, 가람 이병기 선생을 비롯한 한국문학사의 밤하늘에 빛나는 숱한 별들의 문장에서 풍겨나는 짙고 그윽한 향기, 다 읽고 난 뒤에도 난향(蘭香)처럼 가슴을 설레게 하는 철학적 여운! 이런 빼어난 예술세계에 도달하기 위해 더욱 스스로를 갈고 닦으며 노력할 필요가 있을 것이다.

기왕에 내가 쓰는 한 줄의 글귀가 독자의 가슴에 다가가 그의 삶을 즐겁고 기쁘게 하며, 위로와 격려를 줄 수 있다면 그 얼마나 보람차고 흐뭇한 일일까. 그러므로 글을 쓰는 첫 단계부터 작가의 마음자세는 단지 개인의 차원만이 아니라 그것을 단숨에 뛰어넘어 모든 세상, 모든 인간의 삶을 쓰다듬고 아우르는 포부로까지 이어져야 할 것이다. 흘러간 시절, 한 명망 높은 시인이 자신의 후배에게 주었던 격려의 말이 문득 생각난다.

개인사의 여울물에서 머뭇거리지 말고 민중사의 바다 속으로 신속히 떠나가라!

이 말이 지닌 진정성은 아무리 세월이 흘러가도 변하지 아니할 것이다.

문학을 포함한 모든 예술은 맨 처음 자질구레한 개인사에서 출발하지만 궁극적으로는 저 넘실거리는 우리 민족 전체의 역사와 현실 속으로 다가가야만 한다. 그렇게 되어야만 보다 큰 문학, 보다 큰 정신에 다다를 것이 아닌가? 그런 연후에 비로소 세계 속에서의 한국문학을 논의할 수 있을 것이다.

이번에 발간하는 첫 수필집을 기폭제로 해서 우리는 수필가 이수옥이 제2, 제3의 창작집으로 계속 집필과 저술활동이 이어져가기를 기원해 마지 않는 바이다. 다시금 작품집 발간에 축하의 뜻을 전하고자 한다.